E-Z DICKENS SUPERHJÄLTE BOK TRE

RÖDA RUMMET

Cathy McGough

Stratford Living Publishing

Innehållsförteckning

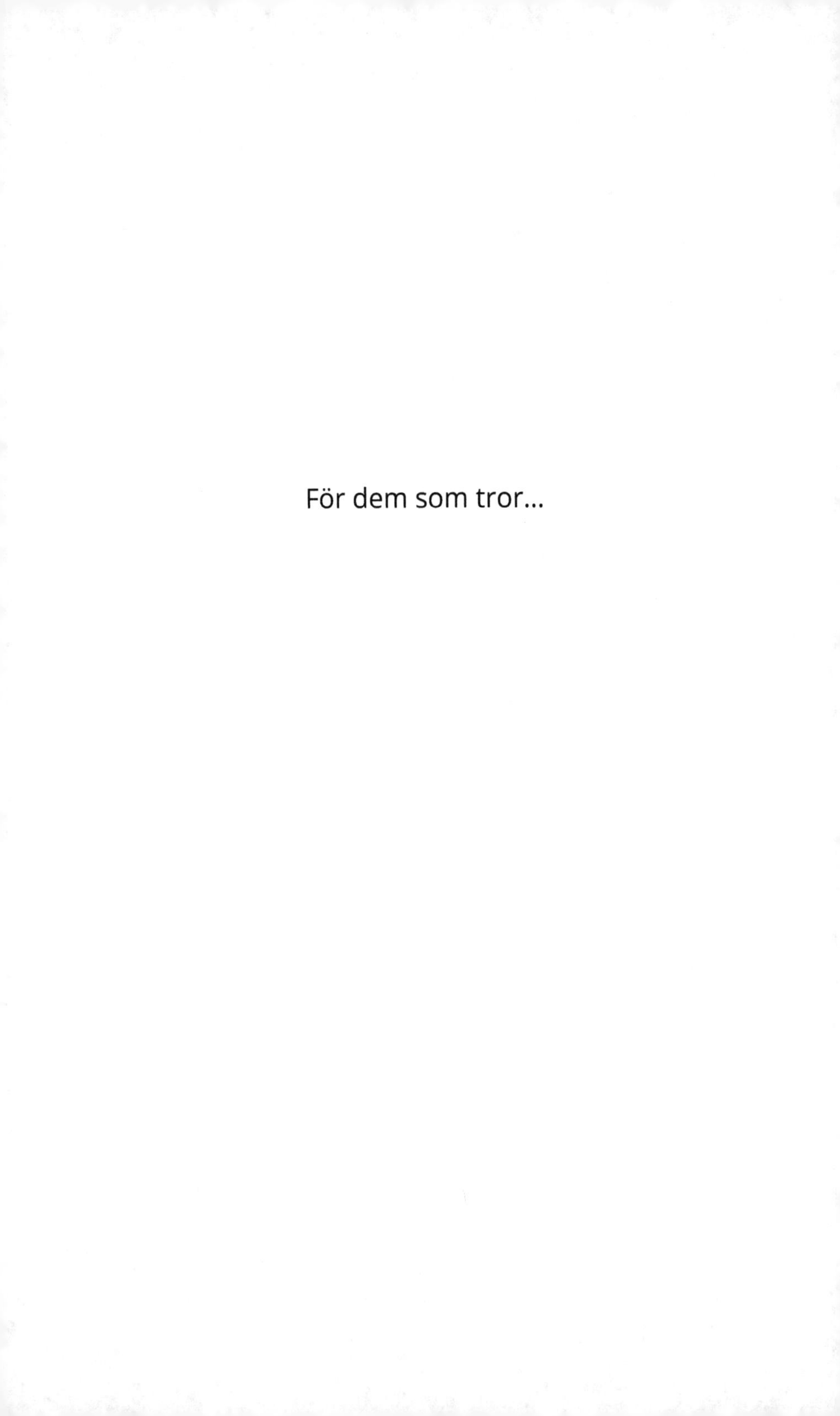

För dem som tror...

"En hjälte är en vanlig människa som finner styrka att hålla ut och uthärda trots överväldigande hinder."

Christopher Reeve

PROLOG

Två år HADE GÅTT och det var den första december, E-Z:s femtonde födelsedag. Trots att det var iskallt ute och snöflingorna yrde omkring dem var han och hans familj och vänner fast beslutna att hålla sitt kalas utomhus där de hade gjort upp en brasa för att hålla dem varma och en grill.

Nu när Samantha och Sam var gifta var det ännu mer att göra i Dickens' hushåll. Det var aldrig tråkigt när vännerna kom på besök.

Sam och Samanthas bröllop hade varit en liten ceremoni som hölls på Registry Office. Lia hade varit hedersbrudtärna, E-Z var best man och Alfred, den trumpetande svanen, var ringbärare.

Lia hade gjort narr av Alfred för att han var klädd i en marinblå fluga och inget annat. Alfred blev inte förvirrad av uppmärksamheten, eftersom han visste att han var i gott sällskap med andra, till exempel före detta brittiska premiärministrar.

"Om den store Winston Churchill tyckte att en fluga var tillräckligt bra för honom, då är den tillräckligt bra för mig!" sa Alfred.

"Han rökte också en stor fet cigarr!" sa E-Z. "Jag hoppas verkligen att du inte tänker börja röka en sådan också."

Lia fnissade.

"Biffarna är klara!" Sam ropade. "Om du gillar dem sällsynta, kom och hämta dem nu."

Bara Samantha kom fram med sin tallrik redo. "Din son är sugen på råbiff idag", sa hon och klappade sig på magen.

"Vad min son vill ha, det får han", sa Sam och lyfte upp en biff på sin frus tallrik. Hon petade på mitten medan hennes man lade till en bakad potatis och några sparrisar bredvid.

Samantha mumsade på sparrisen medan hon gick över till picknickbordet. Hon hade planerat E-Z:s födelsedag till punkt och pricka och lagt mycket tid på att dekorera själva bordet med Happy Birthday-tema. Hon satte sig ner och skar sin bakade potatis på mitten, tillsatte sedan gräddfil, gräslök, smör och några skakningar salt.

E-Z, Lia, Alfred, PJ och Arden satt kvar eftersom det var varmare i närheten av eldstaden. Farbror Sam gillade inte att folk svävade omkring när han höll på med grillen, så de höll sig ur vägen för honom. Dessutom gillade de alla sina välstekta pinnar och det gav dem också en möjlighet att prata på egen hand och komma ikapp.

"Vad tycker ni om vår Superhjälte-webbplats?" frågade E-Z.

PJ och Arden tittade på varandra och ryckte sedan på axlarna.

"Kom igen", sa E-Z. "Vad tycker ni egentligen om den? Jag vet att ni har tittat på webbplatsen, för farbror Sam hjälpte mig att titta på uppgifterna. Jag hade ingen aning om att vi kunde ta reda på så mycket information som vem som besöker vår webbplats, hur länge de stannar, vad de tittar på. Och jag kände igen era IP-adresser. Så, berätta vad du tycker om det?"

"Hela sanningen? Inga spärrar?" frågade PJ.

"Brutal sanning?" tillade Arden.

"Ja", lockade E-Z. Han sänkte rösten till en viskning. "Onkel Sam gjorde ett utmärkt jobb. Ändå riktar vi oss inte till rätt målgrupp eftersom vi knappast får någon trafik. Förutom er två och en IP-adress i Frankrike har vi knappt haft några träffar.

"Några få personer, som du, har kommit tillbaka och kollat in webbplatsen några gånger, men de stannar inte länge. Farbror Sam föreslog att vi kanske skulle starta ett nyhetsbrev, få folk att registrera sig och skicka uppdateringar till dem, men jag vet inte. Alla gör nyhetsbrev nuförtiden och det verkar vara mycket arbete. Farbror Sam visade mig att han har registrerat sig för ungefär femtio av dem!

"När det gäller förfrågningar om hjälp - vilket är hela anledningen till att vi startade en webbplats - har vi hittills bara blivit ombedda att göra saker som lokala tjänstemän som polisen och brandkåren hanterar. Jag gillar inte tanken på att vi ska skynda oss att rädda en katt i ett träd och att brandkåren ska dyka upp i full utrustning för att göra samma jobb. Det är ineffektivt både för dem och för oss. Och det är pinsamt när de dyker upp precis när vi håller på att avsluta. Deras tid är värdefull - de räddar liv varje dag. Det känns respektlöst om du förstår vad jag menar? De räddar liv och har jour dygnet runt, sju dagar i veckan.

"Jag tror att vi behöver förfrågningar som är utanför deras område, så att vi inte slösar bort deras tid eller gör deras jobb svårare än de redan är. Ursäkta att jag är så långrandig, men när jag tänker på allt de gjorde efter olyckan med mina föräldrar..."

PJ och Arden lutade sig nära varandra och viskade. De ville inte såra Sam - de var ju trots allt inga experter - eller riskera att han skulle höra dem och bränna deras biffar.

"Uh, vi förstår vad du menar", sa PJ. "Dessutom är polisen och brandmännen viktiga tjänster, och de får betalt för att rädda människor. Medan ni är frivilliga."

"Så deras webbplats och deras närvaro på sociala medier är annorlunda än vad ni borde vara", sa Arden. "Och de har massor av personal på många nivåer för att underhålla och hålla allt uppdaterat."

"Medan din webbplats behöver något mer superhjälteaktigt - om det ens är ett ord - och mindre företagsmässigt. Som legenderna, de vars fotspår du följer. Titta på några av de webbplatser som skapats för dem - och de är fiktiva karaktärer. Tänk vad vi skulle kunna göra om vi följde deras exempel", säger Arden.

"Som vadå? Jag vet att ni har några idéer, så dela med er", sa E-Z.

"Ja, som ni kanske har listat ut så gjorde vi lite brainstorming mellan oss två. Och vi satte ihop en webbplats - den är inte live och kommer inte att vara det förrän du godkänner den - för hur din webbplats skulle kunna se ut. Den finns på min telefon. Titta och se vad vi menar och fundera på möjligheterna eftersom vi gjorde det här ganska snabbt." PJ tryckte på startknappen. De tre lutade sig fram.

På skärmen visades först orden "Välkommen till De Tre:s superhjältewebbplats." Sedan zoomade den in på E-Z i animerad form. Han satt i sin rullstol som man kunde förvänta sig, klädd i en svart t-shirt, blå jeans och ett par löparskor.

E-Z klappade ner sitt hår när han såg hur flaskborstliknande den svarta strimman i mitten av hans blonda hår såg ut. Han kunde aldrig vänja sig vid det.

"Vad är det där på min tröja, mina jeans och mina skor? Är det en logotyp? Och hur gjorde du mig till en tecknad film?"

"Ja, det är en logotyp. Vi tyckte att änglavingen var cool och passande", säger Arden.

"Vi använde en app. för att göra dig till en tecknad film", sa PJ. "Vi gjorde lite redigering på dina armar. Hoppas att vi inte gick till överdrift."

E-Z's tittade närmare när den animerade versionen av honom själv korsade armarna. Nu fångade hans något kraftigare underarmar hans uppmärksamhet och hans kinder blossade. Han såg ut som en ponce, en posör. Tyckte hans vänner verkligen att han såg bättre ut så här? Han kröp ihop när E-Z på skärmens vingar dök upp. Han svävade i luften och pekade.

Detta var den första introduktionen till Lia. Hon anlände också i animerad form. Lia var klädd från topp till tå i en lila jumpsuit med en tutu. Hennes blonda hår var uppsatt i en hästsvans och över ögonen hade hon ett par lila solglasögon. Hon såg sprallig, vänlig och söt ut när hon gick över skärmen. Hon vände och stannade, som en modell på en catwalk och poserade.

E-Z skrockade; han kunde inte låta bli.

"Jag ser i alla fall inte ut som en posör med fejkade muskler!" sa hon.

E-Z kommenterade inte.

Animerade Lia sträckte ut armarna framåt med handflatorna mot marken. Sedan, voila, vände hon på dem. Det vänstra ögat i hennes handflata öppnades, följt av det högra. I synkronicitet blinkade de. Lia höll sin pose och visslade sedan genom fingrarna.

"Jag önskar att jag kunde göra riktigt så!" sa hon och försökte imitera den animerade versionen av sig själv.

E-Z visslade.

"Skrytmåns", sa hon och armbågade honom.

Nu kom Lilla Dorrit upp på skärmen. Hon var elegant och feminin och vit som snö. Enhörningen flög till Lia, landade och sänkte huvudet så att den lilla flickan kunde klappa henne. Lia hoppade på och Lilla Dorrit flög bredvid E-Z. De svävade och vände sedan på huvudet.

Detta var Alfreds signal. I tecknad form tycktes hans ljusorange näbb glittra i ljuset. Den stod i direkt kontrast till hans röda fluga. När han gick mot Lia och E-Z gnisslade hans simfötter som om de vore sugkoppar.

"Mina fötter gör inte det ljudet!" sa Alfred.

"Uh, det gör de också", sa E-Z med ett flin, medan Alfred på skärmen spred ut sina vingar och flög till sidan av sina två kamrater.

De tre ställde sig upp. E-Z stod i mitten med Lia till vänster och Alfred till höger. Sedan hände det. De tre

- ja, Lia och E-Z gjorde tummen upp. Alfred för sin del gjorde en vingar upp gest.

"Det här är pinsamt", viskade E-Z till Alfred.

"Jag skojar inte!"

"Shhhh", sa Lia när berättarrösten på skärmen satte igång. Det var Ardens röst, men hans ton var lägre. Han lät som en programledare för en gameshow.

"Om du behöver en superhjälte...E-Z, Lia och Alfred - även kända som De Tre - står till din tjänst tjugofyra timmar om dygnet, sju dagar i veckan. Ring ***-***-**** eller skicka ett meddelande via sociala medier.

När du behöver någon som kan hjälpa dig...Ring De Tre. De kommer att vara där för dig ... omedelbart. Du kan lita på dem...för de är de bästa du kommer att träffa. Tjugofyra timmar om dygnet, sju dagar i veckan... garanterad tillfredsställelse."

"Och nu till den stora avslutningen", sa Arden.

De tre lade armarna över bröstet. Alfred vek ihop sina vingar.

"Uh, det är inte möjligt", sa Alfred.

"Shhhh", sa Lia.

Med hakorna framåtskjutna, en efter en, poserade De tre.

PJ tryckte på paus.

"Med tanke på vad du sa om jurisdiktioner kanske vi behöver ändra den här biten", sa han. Han tryckte på start.

"Inget jobb är för stort eller litet för oss!" sa en datoriserad version av E-Z:s röst.

Sedan gick en cirkel i mitten av skärmen runt och runt, som när wi-fi försöker hitta en signal. Nu fyllde ordet BAM! skärmen. Sedan ordet SOCKO!

De tittade på när E-Z räddade en katt som satt fast högt uppe i ett träd.

"Åh, broder", sa han.

Hans animerade karaktärs röst fortsatte.

"Vi är De Tre

Vi är här för dig!

Katt fast i ett träd...

Vi ska få ner honom åt dig!"

E-Z visades när han gav den räddade katten till en familj.

"Uh, det hände aldrig," sa han.

"Vi tog oss lite poetiska friheter", erkände Arden.

"Vi kan fixa allt som du inte gillar", sa PJ.

Nu dök cirkeln upp på skärmen igen och gick runt och runt. När den stannade fylldes skärmen av ordet BANG! Följt av ordet ZIP!

På skärmen räddade den animerade E-Z ett plan fullt av passagerare. När han satte ner planet applåderade hundratals väntande observatörer på landningsbanan.

"Så ska det se ut", sa han.

"Shhh", sa Lia.

På skärmen sa E-Z,

"För vi är dina vänner!

Våra tjänster är gratis.

24/7

För vi är De Tre!"

Cirkel igen, runt och runt. Följt av BINGO! Och BAM!

Nu återskapades berg- och dalbanans räddning i animerad form. Det var mycket bra. Så exakt att de kunde känna lukten av sockervadd och karamellmajs.

"Åh!" sa E-Z.

Lia applåderade.

Alfred skakade nacken från sida till sida som om han nyligen hade blivit besprutad med mycket kallt vatten.

"Jag älskar det!" sa Lia. "Och tack för att du tog med min favoritfärg. Hur visste du det?"

"Jag märkte att du bär den ofta", sa PJ. Han blev röd om kinderna. "Jag är så glad att du gillar den."

"Vad tycker du, E-Z?" frågade Arden.

Alfred kastade en blick i E-Z:s riktning.

"Det var eh", sa E-Z, "eh… en bra insats."

"Middagen är klar, kom och ta den!" ropade Sam.

"Låt födelsedagsbarnet gå först", sa Samantha.

E-Z gick över gården tillsammans med Alfred.

"Snacka om perfekt tajming", sa han.

"Ja, de där två är fortfarande plonkers", svarade Alfred.

"Men deras hjärtan är på rätt plats. Det är en smart idé, bara lite för mycket för oss."

"Lite?" Alfred skrek.

"Okej, mycket, men de gav det en chans. Vi kan behålla det vi gillar och göra oss av med resten."

När alla hade fått sin mat satte de sig vid picknickbordet och åt. Himlen förändrades och klara stjärnor fyllde himlen runt omkring dem. De åt sig mätta, sedan tog Samantha fram födelsedagstårtan som hon hade bakat och alla sjöng "Grattis på födelsedagen!"

"Tal! Tal!" sa Arden och snart stämde alla in.

E-Z tänkte efter i några sekunder.

"Tack för att ni gör min femtonårsdag speciell. Jag skulle vilja ta en minut för att minnas min mamma och min pappa, och dela med mig av ett födelsedagsminne. Om det är okej? Jag lovar att inte bli sentimental."

Alla nickade.

Samantha som sedan hon blev gravid alltid var blödig. Oavsett om det var glädjetårar eller tårar torkade hon bort en innan han ens hade börjat. "Jag är okej", sa hon när Sam lade armen om henne.

"Det var på min femårsdag. Jag ville inte ha något kalas och bad om att få gå och se en film istället. Istället för att titta i tidningen och ta reda på vad som skulle visas bestämde vi oss för att gå dit och bestämma vad vi skulle se på plats. De sa dessutom att jag fick välja eftersom jag var födelsedagsbarnet."

Han slöt ögonen för en sekund.

Han var tillbaka på teatern. Där var mamma, helt klädd i en parkas. Hon hade sina hörselkåpor på sig och hon gnuggade händerna mot varandra som hon alltid gjorde. Mamma hade alltid handskar och klagade på att hennes fingrar blev kalla.

Pappa hade sin knälånga blå kappa på sig över jeans. Han gillade inte att ha hatt på sig i stan, eftersom det skulle förstöra hans hår. Hans händer var utan vantar. De låg i jackfickan tillsammans med nycklarna.

E-Z sniffade in luften. Han kände doften av smöriga popcorn inne på biografen, som väntade på att de skulle gå in och beställa dem.

De tittade på affischerna.

"Vad sägs om den där?" sa hans mamma.

"Nej, E-Z föredrar den?" sa hans pappa.

Han öppnade ögonen igen.

Istället för att vara på bakgården med sin familj och sina vänner var han tillbaka i silon - igen. Han hade inte varit tillbaka där sedan ärkeänglarna bröt mot sitt avtal.

"Grattis på födelsedagen!" utropade rösten i väggen.

En panel öppnades i väggen bredvid honom och ut kom en cupcake. På toppen stod det: "Grattis på födelsedagen, E-Z." I mitten fanns ett enda ljus som redan var tänt.

"Smaklig måltid!" sa rösten och lade en kniv och gaffel på bordet bredvid honom.

"Uh, tack," sa han. "Varför är jag här?"

"Väntetiden är fyra minuter", sa den irriterande rösten. "Vänligen sitt kvar."

Som om han hade något val i frågan.

KAPITEL 1
FÖDELSEDAG AVBRUTEN

E-Z RÖRDE INTE CUPCAKEN som satt framför honom, trots att den både såg ut och luktade gott. Han undrade vad som pågick på hans fest. Han visste åtminstone att de inte kunde skära upp tårtan förrän han blåst ut ljusen och önskat sig något. Något födelsedagskalas hemma när han inte ens var där!

"Ta mig härifrån!" skrek han. "Jag missar mitt eget femtonårskalas och jag var mitt uppe i att berätta en historia."

Silons tak gapade upp och Eriel svävade mot honom som en blixt i en storm.

"Det är trevligt att se dig igen, före detta skyddsling", sa han.

"Känslan är inte ömsesidig. Varför är jag här? Jag trodde att jag var klar med er alla och det är min födelsedag - jag behöver komma tillbaka till det."

"Ja, jag ber om ursäkt för tidpunkten - men vi kunde inte låta din födelsedag passera utan att åtminstone önska dig en trevlig dag."

"Tack, tror jag."

"Och när du ändå är här, varför inte ta del av din födelsedagscupcake? Och glöm inte att önska dig något - du kommer att behöva all hjälp du kan få!" sa ärkeängeln med ett fniss.

Förutom E-Z öppnades ett fönster och en mekanisk arm kom ut med en tändsticka. Den tände veken och drog sig sedan tillbaka in i väggen så snabbt att tändstickan slocknade av sig själv.E-Z tittade på det fladdrande ljuset. Han undrade vad den sista kommentaren betydde men antog att Eriel drev med honom. Hans hjärna blev tom. Han kunde inte komma på en enda sak att önska. Förutom det var han tillbaka i huset med sina vänner och familj och firade sin födelsedag. När han blåste ut ljuset började Eriel sjunga. Det var en skränig tolkning av: "För han är en jolly good fellow, vilket ingen kan förneka."

"Ta inte illa upp", sa E-Z, "men det är meningen att du ska sjunga Happy Birthday."

"Det är tanken som räknas", sa Eriel. "Nu när vi har avslutat födelsedagsdelen av ert besök, skulle vi vilja veta om ni har löst gåtan än?"

"Gåtan? Vilken gåta?"

"Ja, vi föreslog att du skulle försöka göra kopplingar - i dina tidigare prövningar. Minns du när vi sa att vi inte ville mata dig med sked? Har du lyckats med det?"

"Åh, det verkade inte som en prioritet eller en gåta för mig att lösa, särskilt eftersom du svek ditt erbjudande. Men ja, jag skrev i min anteckningsbok, gjorde ett register över saker vi har åstadkommit hittills, och jag såg ett par kopplingar till spel men de var rent slumpmässiga."

"Tillfällighet! Definitivt inte. Händelserna hänger ihop - det kan vem som helst se!" sa Eriel och höll rösten låg för att inte tappa humöret.

"Eh, ursäkta, men tillfälligheter händer hela tiden. Vet du hur många barn som spelar dataspel? Jag sökte på nätet. År 2011 stod det att nittioen procent av alla barn mellan två och sjutton år spelar varje dag. Det är ungefär sextiofyra miljoner barn i hela världen."

"Ah, så du har satt fingret på det. Det är ju bra. Har du kommit på något mer om det? Eller några farhågor du kan ha? Finns det någon anledning att göra mer research - research är bra. Initiativ är mycket, mycket, bra."

"Nej, jag är ganska upptagen med andra saker - skola och sånt. Dessutom, om du vill att jag ska gå vidare med det - först måste du övertyga mig om att det är något mer än ett sammanträffande. Jag kollade upp lite mer statistik. Till exempel finns det fler tjejgamers än någonsin tidigare. Många har skapat företag på YouTube och tjänar sitt levebröd. Naturligtvis inte barn, men enligt den statistik jag läste på nätet 2019 är 46 procent av gamers tjejer."

Eriel knackade med sitt långa och beniga finger på hakan, som om han funderade på vad E-Z hade berättat för honom. "Ah, återigen är jag imponerad. Tycker du inte att den statistiken är oroande?"

"Uh, nej det gör jag inte." Han andades in djupt och tappade tålamodet med att missa sin födelsedag. "Är det viktigt att vi gör det här idag? Kan du inte ta med mig tillbaka hit en annan gång? Inget av det vi pratar om låter kritiskt."

Eriel slutade knacka och hans högra ögonbryn sköt upp. Han stirrade på födelsedagsbarnet.

"Eller är det?" frågade E-Z.

Eriel väntade innan han svarade. Han lindade tungan runt orden, som om han hade problem med att få ut dem. Han höjde röstläget till sopran och sa: "An-y-thin-g el-se a-bou-t tho-se t-wo in-ci-de-nts? An-y-thin-g to ca-use a-l-a-rm? För att skapa en f-ire un-der dig?"

E-Z önskade att Eriel skulle stava ut det och komma till saken. Han ville inte skämma ut sig genom att säga det uppenbara eller genom att ha fel.

"Raphael hade rätt, du är lite tjock."

"Hallå!" E-Z skrek. "Om du behöver min hjälp så gör du det på ett väldigt konstigt sätt." Han drog fingret genom glasyren på cupcaken och sög på fingret. Det smakade gott, som sockervadd. "Dödande. En försökte döda mig, och den andra dödade människor i en butik. Båda sa att deras motiv var spelrelaterade."

"Mitt i prick", sa Eriel.

"Och?"

"Strunt samma!" Eriel försvann genom taket och sjöng: "Tjock som en tegelsten, tjock som en tegelsten, tjock som en tegelsten."

E-Z höjde sina knytnävar i luften. "Kom tillbaka hit och säg det till mig!"

Eriels skratt ljöd och studsade mot väggarna.

PFFT.

"Tack", sa E-Z, och sedan befann han sig hemma igen, på sin fest. Alla var upptagna, spelade spel, gjorde sina egna saker - som om han inte var där alls - vilket han inte hade varit.

Han tittade på när Sam tog sin tur på stege-bollen. Han var inte särskilt bra på det, men E-Z gick dit och tittade på hans andra försök i alla fall. När han hade avslutat sitt kast och missat målet helt gick han till sin brorsons sida.

"Jag ser att du fortfarande jobbar på att få kläm på det här spelet", sa E-Z.

"Ja, det är en förvärvad talang. Vart tog du vägen förresten?"

"Eriel ville bland annat gratulera mig på födelsedagen."

"Uh, det var snällt av honom. Eller hur?"

"Ja, du känner ju Eriel. Han gör aldrig något utan motiv. I det här fallet ville han att jag skulle göra en koppling baserat på ett minne."

"Ett minne av vad? Dina föräldrar? Olyckan?":

"Nej, han ville att jag skulle göra en koppling mellan två av anstiftarna till rättegången. Vilket jag för övrigt gjorde. Sedan gick han och sa att jag var tjock som en tegelsten."

"Så oförskämt!" Lia utbrast. Hon hade lyssnat sedan hon blev uttråkad av bollkastningen.

"Och på din födelsedag också", sa Alfred. Han var ännu mer hopplös än Sam eftersom han var tvungen att kasta bollarna med hjälp av sin näbb.

"Vill du försöka?" frågade PJ och gav bollen till E-Z som flyttade om sin stol framför målet och sedan kastade bollen. Den träffade den övre trappstegen, snurrade runt några gånger och landade i premiumpositionen.

"Det är så man gör!" sa Sam.

"PJ och jag har kastat så där under hela matchen", sa Arden.

"Ah, men du är inte min brorson", svarade Sam.

Festen fortsatte tills det var för mörkt för att leka några fler lekar, och alla bestämde sig för att inte sjunga med. PJ och Arden gick hem medan E-Z och resten av gänget gick till sängs.

KAPITEL 2
PROBLEM

Två DAGAR EFTER E-Z:s födelsedagskalas hamnade PJ och Arden i lite trubbel.

Det var Lia som fick en vision om att något var fel. Hon berättade om synen för Alfred och E-Z: "Det var som om de var i trans. Och de satt båda vid sina skrivbord och stirrade på tomma datorskärmar."

"Inget ovanligt med det", sa E-Z. "De spelar ofta spel tillsammans, och kanske sov de."

"Med ögonen öppna?"

"Okej, vi går dit bort", sa E-Z.

"Det är mitt i natten!" Alfred utbrast.

"Men det är bäst att vi kollar upp det."

De tre smög ut ur huset och bestämde sig för att gå till PJ först eftersom hans var närmast.

"Jag tror inte att hans föräldrar kommer att uppskatta ett så sent besök", sa Alfred.

"De kommer att förstå", sa Lia medan hon ringde på ytterdörren.

En stund senare öppnade en mycket sömnig man dörren i sin pyjamas - PJ:s pappa.

"Vem är det?" ropade hans mamma inifrån.

"Det är PJ:s vänner", sa hans pappa. "Är det något som är fel?"

"Uh", sa E-Z, "Ledsen att störa dig men vi måste verkligen träffa PJ. Det är brådskande."

"Då är det bäst att ni kommer in", sa PJ:s pappa.

KAPITEL 3
ÄLDRARE

T IDIGARE PÅ KVÄLLEN HADE PJ och Arden arbetat med Superhjältewebbplatsen. De hade uppdaterat information och lagt till några nya element.

Tidigare när en begäran om hjälp kom in skickades ett e-postmeddelande till inkorgen. Nästa gång någon loggade in såg de det och kunde svara. Med det nya systemet skulle E-Z, Arden och PJ få textmeddelanden direkt.

Dessutom skulle den person som bad om en förfrågan få ett tidsstämplat autosvar. PJ och Arden var övertygade om att denna automatiska uppgradering skulle öka förtroendet och leda till mer trafik på webbplatsen.

PJ och Arden skapade också en YouTube-kanal med en podcast. Detta var något nytt som de hade kommit på under en brainstorming-session. De var glada över att berätta för E-Z om det. Det skulle vara ett utmärkt sätt att öka The Three's närvaro på nätet. De skapade också en Community Board för öppen diskussion.

Systemet kategoriserade också inkommande meddelanden. Till exempel att rädda en katt från ett träd. The Three hade fått flera förfrågningar om denna tjänst. Eftersom lokala tjänstemän var bättre rustade att svara på dessa samtal gjorde PJ och Arden det till en blå kod.

Kod Blå innebar att när E-Z kom dit för att rädda katten hade den redan blivit räddad. En kod blå indikerade att han skulle vänta för att se om situationen hade lösts innan han gav sig ut.

En gul kod kan vara att någon glömt sina nycklar eller låst in sina nycklar i bilen. Även här hade situationen redan lösts när E-Z kom dit. Återigen var rådet att vänta och kontrollera innan man gav sig iväg.

Genom att kategorisera blå och gula kunde E-Z och hans team fokusera på de viktigare samtalen, dvs. de röda koderna.

En röd kod var när liv eller lemmar var i fara. Sedan webbplatsen skapades hade The Three fått noll förfrågningar i denna kategori.

Nöjda med hur mycket de hade åstadkommit bestämde de sig för att släppa loss lite ånga. De gick med i ett multiplayer-spel.

"Tre tjejer", skrev PJ till Arden.

"Vi kan ta dem!" svarade han.

Spelet började och till en början gick allt som det alltid hade gjort. De gav flickorna stryk, gick upp nivå efter nivå och dödade allt i sikte. Sedan blev det plötsligt tvärstopp.

KAPITEL 4
PJ'S PLACE

Nu GICK DE TRE och PJ:s föräldrar längs korridoren in i hans rum. Vad de såg var mestadels som Lia hade föreställt sig. Skillnaden var att datorskärmen fortfarande var på. Den blinkade och flimrade medan PJ såg ut att sova djupt.

"Vad är det för fel på honom?" frågade PJ:s mamma. "Han borde ligga i sängen och sova. Titta på hans hållning. Han är förmodligen uttorkad. Jag hämtar ett glas vatten åt honom."

PJ:s pappa gick tvärs över rummet och skakade sin sons axlar. Han förväntade sig att sonen skulle vakna, men det gjorde han inte. Istället gled han ner i stolen och skulle ha fallit ner på golvet om inte hans far hade fångat upp honom. Han bar sin son och lade honom på sängen.

PJ:s mamma kom tillbaka, ställde vattnet på sidobordet och satte sedan läpparna mot sonens panna. "Ingen feber", sa hon.

PJ:s pappa lyfte på sonens högra ögonlock och såg att bara ögonvitorna var synliga. "Ring 112", utbrast han.

"Nej, jag tycker att vi ska ringa vår husläkare, doktor Flanell", sa PJ:s mamma. "Han har kommit hit förut för ett hembesök. När det har varit en nödsituation - och det här är definitivt en nödsituation."

"Fru Handle," sa E-Z, "han kommer att bli bra."

"Naturligtvis", svarade hon, medan Mr Handle gick ut ur rummet för att ringa Doktor Flannel."

När han kom tillbaka väntade de alla tyst tillsammans och tittade på PJ medan han sov. Som om de förväntade sig att han skulle hoppa upp och börja busa. Det skulle vara typiskt honom att spela upp. Att lura dem.

Mr Handle var rastlös och studsade med benet upp och ner medan han satt. Han reste sig, gick tvärs över rummet och böjde sig ner för att titta på hårddisken. Han lyfte foten, som om han skulle sparka på den, men i sista minuten ändrade han sig och drog ut sladden ur uttaget.

De tittade på när Mr Handle började skaka i hela kroppen tills han tappade kontakten. Han vände sig om och gick mot dem. Bakom honom vällde rök ut ur hårddisken. Sekunder senare sprack bildskärmen.

"Ta brandsläckaren!" Alfred ropade, men E-Z hade redan tagit glaset med vatten och kastat det på lådan. Det fräste och båda skärmarna var helt döda.

PJ:s mamma sprang till sin man och hjälpte honom att sätta sig ner. "Läkaren kan ta en titt på dig också när han kommer", sa hon. "Du har sådan tur. Jag kan inte hantera att ni båda är skadade."

"Jag mår bra", sa Mr Handle.

Men för De Tre såg han inte ut att må bra. Han var blek, lite grön och lite grå.

"Gör inget väsen av er", sa Mr Handle. "Tack för att du tänkte så snabbt, E-Z." Sedan till sin fru: "Bra att du tog in vattnet."

"PJ kommer att bli väldigt arg när han ser att hans dator är förstörd."

"Såja, såja", sa Mr Handle. "Han kommer att förstå."

Han mådde uppenbarligen bättre, eftersom De tre märkte att hans andning var normal igen, liksom hans blekhet.

Eftersom allt verkade vara i sin ordning nämnde E-Z Arden. "Medan ni väntar på doktorn, måste vi verkligen kolla till Arden. Vi tror att han kan vara i ett liknande tillstånd."

"De spelar ofta spel tillsammans, men vad i hela friden kan ha orsakat detta?" Herr Handtag frågade.

"Jag vet inte, men har du något emot om jag går och tittar till Arden?"

"Varsågod", sa fru Handle.

"Lia stannar här med dig", sa E-Z. "Hon kan hålla oss underrättade, och om du behöver oss så kommer vi tillbaka direkt."

"Tack, E-Z, och Alfred", sa Mr Handle och eskorterade dem till ytterdörren.

KAPITEL 5
ARDEN'S PLACE

E-Z OCH ALFRED BEGAV sig till Ardens lägenhet. Innan de ens hade hunnit knacka på öppnade Ardens pappa Mr Lester dörren.

"Hur visste du det?" frågade han.

E-Z kunde inte berätta sanningen för honom. Så istället improviserade han fram en lögn. "Jag har varit bästa vän med Arden i hela mitt liv, så jag vet när något är fel. Kan jag få träffa honom?"

"Visst, kom in i hans rum", sa Ardens mamma Mrs Lester. "Bli inte orolig. Han sover bara. Han mår bra i morgon bitti."

Herr Lester tog sin frus hand och ledde henne genom korridoren till Ardens rum där han sov djupt.

"Åh", utbrast Alfred när han såg honom. "Han ser ut som om han är i chock."

"Titta under hans ögonlock", sa mr Lester.

E-Z drog tillbaka sin väns ögonlock. PJ:s pupill var synlig, men den var större och såg ut som om den skulle explodera ur ögonhålan när som helst. Han stängde ögonlocket över den igen.

Alfred Hoo-hoo'd. Det var vad Lesters hörde. Det han sa var: "Vad i hela friden skulle orsaka det? Rädsla? Eller något allvarligare som ett krampanfall?"

E-Z ryckte på axlarna utan att svara. Lesters var rädda och stressade nog redan, plus att allt de skulle göra var att gissa.

"Var exakt hittade du honom?" frågade E-Z.

"Han satt framför sin dator", sa Mrs Lester.

"Var skärmen på?" frågade han.

"Ja, det var den", sa mr Lester. "Vi har ringt vår husläkare. Han är upptagen just nu, med ett annat samtal, men han kommer att återkomma till oss."

"De har redan ringt en läkare borta hos PJ, en doktor Flannel. Låt mig ringa Lia och se om han har ställt en diagnos än."

"De är nästan likadana", sa han.

"Vad menar du med nästan?"

Han rullade ut ur rummet. Det fanns ingen anledning att oroa Lesters mer än de redan gjorde.

Han viskade i telefonen: "Hans pupiller är fortfarande synliga, men de är enorma. Som sår, på väg att brista!"

"Åh, äckligt!" sa Lia. "Han kanske borde åka till sjukhuset?" "De har ringt sin husläkare, men han är inte tillgänglig. Så låt mig veta så fort Dr. Flannel ger sin åsikt så ska jag vidarebefordra den. Du kanske vill berätta för honom om Ardens öga och se om han skulle rekommendera omedelbar sjukhusvistelse."

"Det ska jag göra. Jag hör av mig."

Han förklarade allt för Lesters. De stirrade framåt med tomma ansikten. Han var orolig för hur de skulle ta det hela.

"Vill någon ha en kopp te?" frågade Mrs Lester.

"Nej tack", sa E-Z. Mrs Lester var en av de mammor som trodde att te kunde lösa de flesta problem.

Mr Lester följde sin fru in i köket.

"Brukar du inte vara med och leka med dem?" Alfred frågade nu när han och E-Z var ensamma med Arden.

"Ibland", sa E-Z, "men om jag har någon ledig tid på sistone brukar jag ägna den åt att skriva. Jag får inte mycket tid för mig själv nuförtiden."

"Förståeligt. Ledsen om jag hänger runt för mycket."

"Nej, det är okej. Jag måste bli mer organiserad. Skolarbetet blir mer komplicerat, du vet att vi är på väg mot en karriär och examen. De vill att vi ska veta vart vi är på väg, och vi vet inte ens var vi är än."

"Jag minns de dagarna, men du kommer att lista ut det. Hur som helst är jag glad att du inte spelade spelet med dem - annars hade du kanske varit i samma tillstånd som de är i."

"Det är sant. Jag kan inte föreställa mig vad som skulle skrämma dem så mycket...om det var det som hände. Jag menar, ett spel är ett spel - inte verkligheten. Det måste ha varit en jäkla tävling."

Paret Lester återvände till sonens rum.

"Vad har hänt?" Mrs Lester skrek.

Ardens ögonlock var nu öppna och avslöjade en helt vit interiör. Precis som hos PJ hade hans pupiller försvunnit.

E-Z hade en känsla av déjà vu när mr Lester gick genom rummet och böjde sig ner för att dra ur kontakten.

"Sluta!" skrek E-Z. "Rör den inte!"

Herr Lester frös på plats.

"Mr Handle fick nästan en elektrisk stöt när han rörde den. Det bästa är att låta den vara."

"Åh, tack gode Gud att du var här och varnade mig", sa Mr Lester.

"Ja, tack E-Z. Jag skulle inte klara av det om både min son och min man var skadade. Jag kunde bara inte." Hon gick tvärs över rummet och slog armarna om sin man.

"Efteråt kraschade hans dator, skärmen sprack och rök kom ut ur den", förklarade E-Z. "Så PJ:s dator är fräst, stekt - rostad. Ardens dator är däremot fortfarande intakt. Om vi kommer på hur vi ska ta oss in i den - på ett säkert sätt - kanske vi kan ta reda på vad som hände med dem. Först måste jag ringa Uncle Sam och be om hans hjälp. Han är en teknisk I.T.-kille så han vet vad vi ska göra."

"Vänta", sa Mrs Lester. "Menar du att både PJ och Arden är likadana?"

Han nickade.

"Jag har alltid sagt att datorer är onda!" sa hon. "Min Arden är en idrottsman. Han borde ha varit ute och idrottat, inte suttit vid sin dator och slösat bort sin tid." Hon snyftade mot sin mans bröst och han höll om henne.

"Datorer är nödvändiga i skolan", sa mr Lester. "Vår son gjorde inget fel och jag är säker på att han kommer tillbaka till sitt gamla jag när som helst nu.

Han behöver lite sömn. Lite vila, det är allt. Han kommer att bli bra."

Alfred Hoo-hoo'd.

E-Z fick ett meddelande på sin telefon. "Lia säger att doktor Flannel sa åt dem att lämna PJ där han är. Han sa att hans ögon skulle återgå till det normala av sig själva. Han säger att PJ inte verkar ha ont. Hans hjärtslag och puls är normala. Han behöver vila."

"Tack," sa mr Lester.

"Tack för att ni kom förbi", sa Mrs Lester. "Vi kommer att meddela er om det sker några förändringar."

E-Z och Alfred gick efter ett långt besök och mötte upp Lia och de promenerade hem tillsammans.

"Jag kan inte låta bli att undra," sade E-Z, "om det här med PJ och Arden är menat att vara en prövning. Eriel antydde att jag borde vara orolig för något. Att jag till och med skulle vilja fullfölja det. Om det är så, är jag inte säker på hur jag ska fixa det. Har du några idéer? Förutom att få Uncle Sam att hjälpa oss att komma in i Ardens dator - jag är helt förlorad här."

"Det är konstigt, om det är en rättegång", sa Alfred. "För rättegångar är väl något som hör det förflutna till, eller hur?"

"Det är de, men om PJ och Arden skadas har jag inget annat val än att bli inblandad. Även om ärkeänglarna bröt vårt avtal."

"De verkar båda så utanför. Vad förväntar de sig att du ska göra? Det är ju inte så att du har helande krafter eller något", sa Alfred.

"Men det har ju DU!" sa Lia.

"Det har jag, men bara när de är användbara. Jag försökte kommunicera med deras sinnen. Men det var som om de var tomma. Jag kunde inte nå dem. För att läka dem måste det finnas någon form av förbindelse. Och det fanns inget för mig att ansluta till.

"Jag frågar mig själv om jag ska kalla på hjälp från Ariel. Hon är ju naturens ängel. Det kanske finns något hon kan föreslå, eller något hon kan göra som jag inte kan."

"Det är en lovande idé", sa E-Z.

WHOOPEE

Ariel anlände.

"Vad är det?" frågade hon.

Alfred förklarade situationen.

E-Z frågade om detta var en rättegång som ärkeänglarna försökte smyga in i efterhand.

"Hur som helst måste du hjälpa dina vänner", sa hon. "Du vill väl hjälpa dem, eller hur?"

"Naturligtvis vill jag det, men vad jag behöver göra, vilken åtgärd jag behöver vidta i en prövning är vanligtvis mer uppenbart."

"Hörde jag inte viskningar om att du inte kunde ta initiativ?" frågade Ariel.

"Antyder du", frågade E-Z och höll rösten låg för att inte tappa humöret. "Att ärkeänglarna har försatt mina vänner i koma för att testa min initiativförmåga?"

Ariel log. "Nej, jag antyder inte något sådant. Men om det vore en prövning, vad skulle du då göra för att hjälpa dem?"

"När jag ställs inför en prövning sätter min hjärna igång. Jag vet vad jag ska göra för att lösa det och jag går vidare och gör det. Med det här har jag ingen aning om vad jag ska göra för att lösa det. De är i medicinsk fara. Jag är ingen läkare."

Ariel korsade armarna. "Vad försökte du med, Alfred?"

"Jag försökte få kontakt med båda deras sinnen. Om jag kan hela människor eller varelser finns det vanligtvis en förbindelse - en som inte har brutits av en yttre kraft. I båda fallen var det som om dörren hade slagits igen och jag kunde inte ta mig in."

"Då har du svarat på din egen fråga", sa Ariel. "Något annat jag kan hjälpa dig med?"

"Du var inte precis till någon hjälp", sa Lia.

Alfred bad om ursäkt.

WHOOPEE

Och Ariel var borta.

"Du borde inte tala till henne på det sättet", sa Alfred. "Om hon kunde ha hjälpt oss så hade hon gjort det."

"Jag är ledsen men det är frustrerande när de inte vet mer än vad vi vet. De är ärkeänglar! De borde veta något som vi inte vet, annars vad är det för mening med dem?" frågade Lia.

"Du menar att Haniel alltid kan lösa alla problem?"

Lia ryckte på axlarna. "Jag har inte haft många att diskutera."

E-Z sa, "Eriel är värdelös. Varje gång jag har bett honom om hjälp har han undanhållit den. Ja, han gav råd. Sa åt mig att ta reda på det själv.

"Som när han kallade på mig förra gången, han antydde någon form av konspiration, eller förbindelse, kallade han det.

"När jag gissade vad det var - att spela spel - att det fanns en koppling var han fortfarande värdelös. Jag önskar att de skulle säga det. På ett eller annat sätt, så kan jag fokusera på att få mina två vänner ur den här situationen."

"Förstår du vad jag menar?" sa Lia. "Alla ärkeänglar är helt värdelösa."

"Haniel hjälpte dig när du skadade dina ögon", påminde Alfred henne.

Lia vände ryggen åt honom.

"Låt oss hoppas att doktorn hade rätt och att de båda är sig själva i morgon bitti", sa E-Z. "Det är allt vi kan göra."

När de nu kom hem gick de ut på bakgården. De sa hej till Lilla Dorrit, såg solen gå upp och pratade om vad de skulle göra härnäst.

E-Z gick igenom några saker som hade gnagt i honom. I Det vita rummet hade de uppmuntrat honom att koppla ihop punkterna. Nu senast hjälpte Eriel honom att begränsa det.

Han gick igenom allt som flickan i butiken hade berättat för honom. Hur hon hade tagit gisslan, som i ett spel. Hur hon bar en kostym så att hon såg ut som en prisjägare i spelet.

Därefter gick han igenom detaljerna om pojken utanför hans hus. Pojken hade sagt rakt ut att han hade skickats för att döda E-Z av röster i spelet och om han inte gjorde det skulle hans familj dödas.

Sedan tänkte han på Eriel och de andra ärkeänglarnas inblandning i rättegångarna. Nu var PJ och Arden inblandade.

Skulle ärkeänglarna dra in dem för att komma åt honom? Var det hans fel - att han var för långsam med att lösa pusslet som de hade gett honom? Ärkeänglarna sa att de var färdiga med honom. De hade ställt in prövningarna och han var glad att slippa dem. Varför var de tillbaka och försökte skapa en ny förbindelse med honom? Det kunde inte vara ett sammanträffande.

Han öppnade munnen för att berätta för Alfred och Lia vad han tänkte på - istället landade han tillbaka i silon igen. Men den här gången var behållaren inte gjord av metall utan av glas och han var utan sin stol.

KAPITEL 6
UPSIDE DOWN

E-Z HÄNGDE UPP OCH ner i en glasbubbla och tittade ut över jordens gröna, gröna gräs. Han befann sig högt ovanför och hade så ont i huvudet att han var rädd att det skulle brista och spruta över hela behållaren. Men tack och lov var det något som höll honom uppe. Vad det var visste han inte.

Till skillnad från de andra gångerna när han var i silon var han inte fastspänd (eller hans stol var inte fastspänd) på plats. Den andra saken som oroade honom, hängande upp och ner så här, var att han inte skulle se Eriel komma. Inte heller skulle han kunna känna lukten av honom.

Så fort han tänkte på Eriel flyttades behållaren. Han var rädd för att falla. Han ville ta tag i något men det fanns inget att ta tag i förutom luften. Han svepte armarna runt sig själv. Sedan kände han en rörelse. Glaskammaren vreds medurs hundraåttio grader. Hans huvud kändes genast bättre, klarare, och han koncentrerade sig på att ta sig ut. Ju förr desto bättre.

För sent dock, saken skiftade och vred sig sedan ytterligare hundraåttio grader. Han var tillbaka där han började.

"Howdy, Doody", skrek Eriel när han tryckte ansiktet mot glaset. Sedan knackade han och sjöng, "Släpp in mig, släpp in mig."

"Ta mig härifrån!" E-Z skrek.

"Lugna ner dig", ropade Eriel. "Du är här på grund av mitt hjärtas godhet. Jag ville personligen berätta för dig: dina vänner är i fara."

"Menar du PJ och Arden?" Eriel nickade. "Ja, det vet jag redan! Din stora, stora pajas!"

"Käppar och stenar kan bryta mina ben, men namn kan aldrig skada mig", sjöng Eriel.

"Om du inte får ut mig härifrån - just nu - då ska jag göra mer mot dig än vad pinnar och stenar kan göra!"

Eriel knackade sitt beniga finger mot sin haka. Han var trots allt fortfarande rättvänd, vilket var en fördel jämfört med det perspektiv E-Z befann sig i.

"Jag vill att du ska veta att även om dina vänner är i fara så behöver du inte oroa dig. De är inte i superhjältefara." Han gjorde en paus. "En liten fågel berättade för mig att du tror att vi försöker smyga en annan rättegång förbi dig ... men det gör vi inte. Lämna dem åt ödet."

"Vad menar du med att de inte är i fara som superhjältar?" E-Z skrek.

Eriel försvann och glasbehållaren tappades. Han flaxade, höll sig stadigt. Den tappades igen. Detta fortsatte och fortsatte, tills han var säker på att hans skalle snart skulle spricka som ett ägg på trottoaren.

Då såg han Alfred, borta vid gräsmattans kant, som knaprade på gräset.

"Hallå!" ropade E-Z. "HEJ!"

Alfred slutade äta och vaggade fram. Han tog in synen av sin vän, som hängde upp och ner i en glasbubbla.

"Vad gör du där inne?" frågade trumpetsvanen.

"Eriel!" utbrast E-Z.

"Nog sagt. Jag går och väcker Sam. Jag hoppas att han vet vad han ska göra för att få ut dig därifrån."

"Bra idé och be honom hämta min stol."

Medan han väntade förbannade E-Z sig själv. Han hade missat ett tillfälle att kräva mer information från Eriel. Han hade betett sig som ett offer. Han hade svikit sina två bästa vänner.

Han formulerade en plan. När jag kommer ut härifrån ska jag hitta Eriel och jag ska tvinga honom att berätta hur jag ska rädda PJ och Arden. Jag ska få honom att svära på att han aldrig kommer att försätta mig i den här situationen igen.

Vänta lite nu. Om PJ och Arden inte var i superhjältefara. Vilken typ av fara var de i? Behövde de ens räddas? Eller hade Doc Flannel rätt när han sa att de skulle komma över det och snart vara sig själva igen?

Han gillade inte uttalandet "lämna dem åt sitt öde". Han trodde att vi skapar våra egna öden, och hans två vänner låg i koma. De kunde inte hjälpa sig själva, så han tänkte hjälpa dem. Oavsett vad Eriel sa.

Till slut kom Uncle Sam ut och viftade med ett stort verktyg i handen. "Det är en glasskärare", sa han. "Jag visste att den skulle komma till nytta en dag när jag köpte den på en av de där reklamfilmerna på TV. De sa att den kunde skära genom glas som smör. Låt oss se om det var falsk marknadsföring." Han skar runt botten. Långsamt. Försiktigt.

"Skynda på, jag kvävs här inne! Om solen går upp kommer jag att stekas."

"Tålamod, käre pojke", ropade Alfred.

"Nästan där", sa Sam. Han stod på knä och rörde sig framåt när skäraren skar upp botten på behållaren. Under tiden sipprade knäna på hans pyjamas från den daggvåta gräsmattan. "Jag antar att Eriel hade något att göra med att du var där inne?"

"Ja."

Sam klippte färdigt, släppte sin brorson och hjälpte honom in i rullstolen.

"Tack, farbror Sam."

"Det var så lite. Kan du förklara nu?"

"Jag är för trött. Och jag är för irriterad för att förklara. Kan vi göra det här i morgon bitti?"

Solen blödde rött när den letade sig upp mot horisonten.

Om några timmar skulle E-Z behöva titta till sina vänner. Han hoppades att de skulle må bra. Tillbaka till det normala. Då skulle han inte behöva tänka på det ett ögonblick till. Om inte...om de inte var det. Hur som helst skulle allt bli bättre efter att han fått lite sömn.

"Jag kan förklara allt för honom", erbjöd Alfred.

"Vad vet du om det? Jag var tvungen att skrika åt dig för att få din uppmärksamhet."

"Åh, jag såg hela grejen. Vad tror du att jag gjorde här ute? Jag väntade på att du skulle be om hjälp. Jag ville inte avbryta din Eriel-tid."

"Avbryta. Väldigt roligt. Okej, berätta för honom. Jag ska gå och sova lite. Jag är för trött för att tänka mer." Han rullade upp för rampen och in i huset och lade sig i sängen fullt påklädd.

E-Z drömde att det var hans sjunde födelsedag. Hans föräldrar hade hyrt ut inomhusparken för virtuella spel. Han hade bjudit tolv barn totalt, så de var tretton stycken och ett lag var tvunget att ha en extra spelare. Eftersom det var hans dag valde de lag och den som valdes sist fick spela i sitt lag. De kallade sig själva för Ball Breakers. Det andra laget, som leddes av Kyle Marshall, kallade sig Bat Shitz.

"Du kan inte använda det namnet", sa E-Z:s lag. "Det är praktiskt taget ett svärord."

"Ah, tänk igen", sa Marshall. "Stavningen är Shitz. Vi är uppkallade efter min hund. Hon är en Shitz-hu."

"Nu spelar vi", sa E-Z.

PJ och Arden var med i E-Z:s lag. Tornadotrio-laget sparkade Bat Shitz-laget i baken tills de var för trötta för att röra sig.

"Maten är serverad", ropade E-Z:s mamma. Föräldrarna väntade i den angränsande restaurangen. De hade beställt en massa pizzor, hinkar med läsk och till slut en tårta med många ljus.

Barnen lämnade spelområdet tillsammans. Snart insåg Arden att han hade glömt sin basebollkeps.

"Jag kan inte lämna den! Jag måste gå tillbaka!"

"Vi följer med dig", sa E-Z. "Ge mig en sekund att berätta för mamma."

"Jag ska berätta för henne", sa Kyle som var i närheten.

E-Z, PJ och Arden spårade tillbaka. När de inte kunde hitta kepsen fortsatte de att gå.

"Den måste finnas här någonstans!" sa Arden.

"Jag trodde verkligen inte att det var så här långt bort", sa E-Z.

"Gamarna kommer att äta upp all pizza innan vi kommer tillbaka", sa PJ.

"Oroa dig inte, fru Dickens kommer att spara lite mat åt oss. Hon vet att vi inte blir långvariga."

Korridoren utvidgades till en annan byggnad, en annan plats. Framför dem fanns en gigantisk giljotin. Längst upp, ovanför bladet, fanns Ardens mössa. På själva bladet fanns en skylt. Det droppade fortfarande röd färg, eller blod. Det stod: "Huvudet ska hit."

"Drömmer vi?" frågade Arden. "För jag behöver verkligen inte min basebollkeps så mycket."

"Lyssna. Röster", sa E-Z.

Viskningar, mycket tyst, men mummel. Först var det en ensam kvinna. Sedan anslöt sig en annan, för en duett. Sedan en till för att bilda en trio. Viskningarna förvandlades till en sång.

"Jag kan inte uppfatta några ord", sa PJ.

"Shhh", sa E-Z och höll fingret mot läpparna.

Medan rösterna sjöng,

"B-link och du är död.

B-link och du är död.

B-link och du är död, B-link och du är död," till melodin av Happy Birthday to you.

"Det är läskigt!" sa PJ.

"Vi går tillbaka", sa Arden när dörren de kommit in genom slogs igen och fotsteg ekade längs korridoren.

Fotstegen blev allt högre.

CLANK. CLANK. CLANK.

Ringbrynjor. Kommer närmare. Fotbeklädda fötter. En soldat. En mycket lång figur med huva. Bär på något silverfärgat: en knivslipare.

När han nådde giljotinens fot drog den maskerade figuren upp en fjäder ur sin ficka. Han satte den mot bladet. Den skar igenom den som smör. Ändå gick han vidare och vässade det ytterligare. Medan han slipade bladet hummade han under andan, som om han njöt av sitt arbete.

"Som om giljotinbladet inte är tillräckligt vasst!" viskade PJ. "Ta mig härifrån!"

Arden sprang mot dörren och började hamra på den. "E-Z du måste få ut oss härifrån! Du måste hjälpa oss! Snälla hjälp oss!"

MEDDELANDE LADDAS.

PJ:s och Ardens ansikten dök upp på skärmen. De sa två ord:

"VARNA DEM."

E-Z vaknade av att farbror Sam slog näven i dörren till hans sovrum. "Upp med dig E-Z, vi kan inte hitta Lia!"

Nu när han var vaken insåg han att hon hade kontaktat honom för att försöka komma i kontakt med honom. För att uppdatera honom. Han kollade sin telefon. Ett meddelande med en uppdatering.

"Det är okej", sa E-Z, "hon är med PJ. Säg till Samantha att hon mår bra. Jag måste träffa honom och Arden snart. Var är Alfred?"

"Han är i trädgården", sa Sam. "Vill du ha lite frukost innan du åker?"

"En grillad ostmacka skulle sitta fint. Tack."

Medan E-Z klädde sig tänkte han på sin dröm. Killarna pratade med honom, genom en gemensam händelse som de delade när de var sju år gamla. Han var tvungen att ta reda på vad det handlade om. Varna dem? Varna vem exakt? Det var en tydlig ledtråd, men vem var det de ville att han skulle varna?

Ja, han var helt säker på att de försökte säga honom något, men exakt vad? Han hade återigen en lömsk misstanke om att det hela hade något att göra med Eriel.

Först gick han till Ardens hus, och den stackars killen var som tidigare zombie-liknande i sin säng. En läkare var vid hans sida när E-Z och Alfred gick in.

"Vad är diagnosen?" frågade E-Z.

"Först och främst, få ut den där hönan härifrån!" utropade läkaren.

Alfred hoo-hoo'ade i protest och vaggade sedan iväg. Utanför mumsade han på lite gräs och rengjorde sina fjädrar.

Doktorn tittade på herr och fru Lester, "Hur mycket vill ni att den här ungen ska veta?"

"Det här är E-Z, han är en av Ardens bästa vänner."

"Jag vet vem han är, jag har sett honom på TV när han räddar människor."

E-Z visste inte vad han skulle säga så han sa ingenting, men han gillade inte den här läkarens attityd.

"Arden ligger i koma."

"Ja, jag trodde väl det. Åh, så när kommer han att vakna? Dr. Flannel på Handle-hemmet - där PJ är i samma tillstånd - sa att han snart skulle vara tillbaka till det normala."

"Det vet jag inte. Hans kropp skyddar honom från något, så han kommer att vakna när han är tillräckligt frisk för att göra det. Under tiden föreslår jag att någon är hos honom dygnet runt." Sedan till Lesters: "Det kanske är bäst om ni båda arbetar för att anställa en sjuksköterska. Jag kan rekommendera någon. Om du kan arbeta hemifrån skulle det vara bäst. Jag hör av mig igen om ett par dagar."

"Om ett par dagar", upprepade mr Lester.

Mrs Lester ledde läkaren ut ur huset.

E-Z följde efter. "Om jag kan hjälpa till, ta ett skift vid hans sida, tveka inte att fråga. Jag går över till PJ nu. Lia är redan där och hon sms:ade att han är likadan."

"Håll oss uppdaterade och hälsa till PJ:s familj."

"Det ska jag göra", sa E-Z när han och Alfred återförenades. Båda lyfte från marken och flög till PJ:s hus.

När de flög vidare sida vid sida sa Alfred: "Jag var inte så förtjust i den där läkaren. När en person är otrevlig mot djur... litar jag inte på dem."

"Jag förstår dig, men han gjorde bara sitt jobb."

"Vi svanar har inte orsakat några farsoter eller...glöm det. Jag glömde fågelinfluensan - men det hände på grund av människorna."

De landade vid PJ:s hus, där Lia väntade på dem med dörren öppen.

"Hur är det med er två?" frågade hon.

"Bra", sa Alfred.

"Ah, han är lite sur för att Ardens läkare kastade ut honom ur rummet, men jag mår bra tack. Och du då?"

"Jag mår bra, men PJ:s föräldrar håller på att förlora förståndet och det finns inga tecken på återhämtning."

"Ringde de tillbaka doktorn?" frågade Alfred.

"Nej. Han gav dem hopp, men inget annat, mest att han skulle vakna till. Men jag är orolig att han har fel." Hon gjorde en paus och rodnade lite.

"Åh, en sak till, när jag höll hans hand." Hon stirrade på dem båda. "Han, jag är inte säker på om jag inbillade mig det, eller om han verkligen gjorde det - men jag tyckte att han klämde den."

"Uh, tack för att du stannade hos honom. Vi bör ta skift med hans föräldrar, så att ingen blir för trött. Du kan gå hem nu och tillbringa lite tid med din mamma. Hon undrar säkert över dig." Det fanns inte en chans att han skulle nämna handhållandet.

"Jag går när du gör det, då", sa Lia när de gick vidare till PJ:s rum.

Alfred, Lia och E-Z var nu ensamma med PJ.

"Jag hade en konstig dröm i natt. PJ, Arden och jag var på min sjunde födelsedag - men saker och ting hände inte som de gjorde då. De försökte kommunicera med mig genom en händelse som vi delade, men jag är inte säker på vad de försökte säga."

"Berätta drömmen för oss", sa Alfred. "Och utelämna ingenting."

"Ja, berätta så ska vi se om vi kan hjälpa dig att tolka den."

"Jo, den började normalt. Allt var som vanligt den dagen, tills Arden glömde sin basebollkeps och vi tre återvände för att hämta den."

"Så han tappade inte sin basebollkeps på den riktiga festen?"

"Nej, det gjorde han inte. Faktum är att han var så besatt av kepsen att vi ofta retade honom för att den satt fastlimmad på hans huvud. Så det här var en viktig del av drömmen. Och där gick vi tillbaka till spelområdet och korridoren verkade vara mycket längre än den hade varit när vi lämnade den.

Vi gick en lång stund. Pratade på som vi brukade göra. Vi insåg det inte först, men vi hade gått ganska länge. Arden övervägde att lämna kepsen där den var eftersom det tog så lång tid att ta sig dit, men vi bestämde oss för att hämta den. Han sa att kepsen hade ett sentimentalt värde för honom."

"Intressant", sa Lia. "Vet du varför han älskade kepsen så mycket?"

"Han hade den på sig hela tiden eftersom han gillade laget. Jag visste aldrig att det fanns någon sentimental koppling i verkliga livet annat än till själva laget. Och i drömmen, vid den tidpunkten, inte förrän han sa det. Så, då utvidgades korridoren i storlek och vi befann oss i ett stort luftigt rum, som ett auditorium. I mitten av rummet fanns en gigantisk giljotin."

"Vad! Så märkligt!" sa Alfred.

"Det är lite läskigt", sa Lia.

"Men det finns mer. Högst upp, över bladet, låg Ardens mössa och under den en skylt som löd: Huvudet ska hit."

Lia och Alfred kippade efter andan.

"Arden sa att han inte var så förtjust i hatten längre. Och det var då det blev mörkt och vi hörde tunga fotsteg komma mot oss. Stövlar. Klickande i kedjor eller rustningar. Sedan tändes lamporna igen och en kille kom in med en huva över huvudet. Han gick till giljotinen och slipade sina knivar, den ena efter den andra."

"Vad hände sedan?" frågade Alfred.

"Sedan dök det upp en datorskärm där det stod LOADING och en bild på de två kom upp. De sa två ord:

"VARNA DEM."

"Vad hände sedan?" Alfred frågade igen.

"Sedan väckte farbror Sam mig och frågade om jag visste var Lia var."

"Det är inte mycket att gå på", sa Lia, "Älskade han den där kepsen? Och vem bör varnas?"

"Ardens favoritlag var och är fortfarande Boston Red Sox. Kepsen var en gåva till honom - äkta - han skulle aldrig lämna den bakom sig, oavsett vad. Ändå övervägde han att lämna kvar den i drömmen minst två gånger."

"Men han var inte tillräckligt ivrig för att sticka huvudet i giljotinen för att få den", sa Alfred.

"Vem skulle vara det!" frågade Lia.

"Jag önskar att vi kunde använda Ardens dator. Jag slår vad om att det finns en ledtråd där. Jag slår vad om att han har en fil, något dolt som jag kan hitta. Det kanske var det drömmen handlade om. Och varför han gav mig ledtråden."

Lia kollade på nätet efter betydelsen av en dröm med en giljotin i sin telefon. "Det står att den representerar rädsla eller ångest. Att bli utpekad eller generad över något."

"Jag tror att jag har en idé", sa E-Z medan han bläddrade igenom sin lista över kontakter på sin telefon.

"Vänta lite", sa Alfred, "ring Sam."

"Du har rätt, jag kanske borde gå igenom det här med honom först." Han snabbuppringde Sam och förklarade situationen. Sam sa att han skulle komma direkt till Arden's och att de skulle möta honom där.

"Är allt okej här inne?" PJ:s mamma frågade. "Vill du ha en drink eller något?"

"Nej tack, men farbror Sam är på väg till Arden's och vi ska möta honom där. Vi ska ta en titt på Ardens dator och ta reda på vad han gjorde sist. Synd att PJ:s dator är ur funktion."

"Det är en smart idé. Vi hörde att Ardens föräldrar också kallade in en läkare, var han till någon hjälp?"

"Nej, det var han inte."

"Vi håller dig underrättad om vi hör något", sa Lia medan hon kände på PJ:s panna.

"Du är en duktig flicka", sa PJ:s mamma. Sedan lämnade hon rummet och kämpade mot tårarna.

När de kom fram till Ardens hus väntade Sam utanför på dem. Han hade med sig sin laptop och en väska full med datorverktyg och lite annat smått och gott.

Tillsammans gick de in där Sam satte upp sin egen dator i närheten, en bärbar dator, kopplade in den på andra sidan av rummet och tog sedan en titt på Ardens installation. Den var inkopplad direkt i vägguttaget. Utan något skyddande grenuttag för oväntade överspänningar. Tur att han alltid hade en i sin väska.

Efter att ha fäst säkerhetsströmbrytaren anslöt han Ardens dator till den. De väntade - och ingenting hände. Han tog det som ett gott tecken och slog på strömmen, varpå Ardens dator vaknade till liv. Ett lösenord krävdes. Ett lösenord som ingen av dem kände till.

"Några gissningar?" frågade Sam.

E-Z skrev in Boston Red Sox. Han försökte med Ardens mellannamn som var Daniel. Inte bra.

"Försök med giljotin", föreslog Alfred.

"Bingo!" sa E-Z, nu behövde han bara söka i historiken.

"Låt mig", sa Sam, medan han klickade sig in i inställningarna och letade efter något ovanligt. Det fanns inget utöver det vanliga.

"Vad var det sista han gjorde? Spelade han ett spel?" frågade E-Z.

När Sam klickade för att ta reda på det började överspänningsskyddet utan överspänning att brinna. Farbror Sam sprang för att släcka elden, och när han kom tillbaka hade E-Z redan kvävt den med en filt. "Bra tänkt", sa han.

"Jag hoppas att Ardens mamma tycker detsamma!"

"Ta tag i hårddisken!" sa Sam, vilket han gjorde innan den blev stekt. "Nu tar vi det här med oss och ser vad vi kan se."

KAPITEL 7
DISKUSSION

När de var på väg hem tänkte E-Z fortfarande på meddelandet "Varna dem". Kunde det ha varit mer än en dröm?

"Jag undrar", sa han.

"Om vadå?" frågade Sam.

E-Z förklarade om sin dröm och meddelandet och lade sedan till sin nya idé för att se vad de tyckte om den.

"PJ och Arden har ställt in saker på webbplatsen så att vi kan göra podcasts i framtiden. Jag undrar om jag ska använda det, när vi har kommit på vem vi ska varna. Vi skulle verkligen kunna nå ut till många människor."

"Det är en lysande idé!" Sam sa: "Men borde vi inte bygga upp en följarskara nu? Så när vi är redo att förmedla varningen har vi redan några prenumeranter?"

"Vad skulle jag säga?"

"Låt oss fundera på det", sa Lia. "Och vi kommer att finnas där vid din sida."

"Jag har inget emot att sköta en del av snacket."

När de nu var framme vid hemmet gick de in.

KAPITEL 8
BRANDY LEVER

När hon först såg honom var det musiken de hade gemensamt. Hon spelade piano, bättre än genomsnittet men inte exceptionellt bra. Hennes musiklärare sa att hon hade en naturlig förmåga - vad det nu betydde. Men hon kunde bara spela låtar som betydde något för henne. Då kom hon ihåg dem och kunde spela dem direkt. Men att tvinga henne att spela något hon inte gillade fick henne att hata att ta lektioner.

Hon höll fast vid det. Tvingade sig själv även när hon hatade det. Hon hoppades att hon skulle kunna fejka sig in i skolorkestern.

Hennes föräldrar ville ha något att visa upp för alla lektioner de betalat för. De insisterade på att hon skulle provspela i bandet - för att bli mer involverad i skolans aktiviteter.

"Det kommer att se bra ut på din collegeansökan", sa hennes pappa.

"Gör ditt bästa, det är allt vi ber om. Gör ditt bästa!" sa hennes mamma.

Men årets auditions för gymnasiet var fulla av begåvade barn. En begåvad manlig trummis stod redan på scenen och spelade när hon kom in i aulan.

Med svettande handflator och bultande hjärta rörde hon sig längs linjen. En rad elever och lärare klappade och stampade med tårna. Hon kunde känna golvet pulsera i takt med varje slag.

Som en robot fortsatte hon att gå längs kanten av aulan, tills hon var så nära scenen som hon kunde komma.

Nu smög hon ut genom dörren och gick backstage. Ställde sig med de andra artisterna på scenen och applåderade som om hon alltid hade varit där.

Det var en lysande plan. Alla hade varit så engagerade i hans audition att de inte ens hade märkt att hon hade trängt sig in i kön.

"Vem är han?" viskade hon till flickan framför henne i kön.

"Shhhhh!" svarade de andra väntande artisterna.

Han trummade på, klädd i jeans, med sitt blonda hår svajande och studsande. Sedan lutade han sig närmare mikrofonen och hans djupa melodiska röst stämde in i beatet.

Hon tryckte sig lite närmare, och när hon gjorde det märkte hon en klåda som inte hade funnits där tidigare. På handflatorna, armarna och benen. Hon kliade och kliade men fick ingen lindring. I själva verket blev det värre och snart var det som om hennes hud stod i brand. Sedan försämrades hennes andning och hennes hjärtslag blev långsammare.

"Lugna ner dig", viskade hon både högt och i huvudet.

Det var det sista hon mindes innan hon vaknade upp i ett fordon i rörelse.

KAPITEL 9
OM BRANDY

FORDONET KÖRDE I HÖG hastighet på motorvägen. Hon satt i baksätet. Vems bil var hon i? Det var inte ett fordon hon kände igen.

Hon försökte sätta sig upp, men det gjorde ont i huvudet - som om ett tåg rusade genom det. Hon blundade en stund och lyssnade, försökte lista ut hur hon hade hamnat där. Själva bilen luktade konstigt, nytt och gammalt på samma gång.

PFFT.

Ventilen utsöndrade en lukt som fick hennes mage att knyta sig och hon kräktes.

"Du, kolla inredningen", säger en mansröst. "Det är läder, äkta vara." Hans telefon ringer och han talar i den via en mikrofon i visiret. "Ja, vi är snart där", sa han. Han kopplade ur och vevade sedan upp radion.

Hennes händer var bundna, inte bakom henne som hon hade sett på film, utan framför henne, precis över det fastspända säkerhetsbältet. "Jag vill åka hem!"

"Snart", svarade mansrösten över refrängen till en Drake-låt.

Efter att ha åkt i vad hon trodde var trettio minuter eller så, körde han in på en bensinstation. Han låste in henne, smällde igen dörren bakom sig och lämnade henne utan att säga ett ord.

Hon tittade ut genom fönstret och försökte att inte kräkas igen. Hennes kapare eller kidnappare, vad han nu hade gått in. Hon hoppades att han inte var en kidnappare som planerade att begära en lösensumma. Hennes föräldrar hade inga pengar att betala för hennes återkomst. Hon fokuserade på ögonblicket och noterade att dörrarna inte hade några handtag och att knapparna för att öppna fönstret inte fungerade.

På andra sidan bilen som pumpade bensin såg hon en kille.

"HJÄLP!" ropade hon och gav allt hon hade. Hon visste att detta kunde vara hennes enda chans.

När han inte svarade bankade hon med sina bundna händer på de stängda fönstren. Det var svårt att få fram några ljud här i denna fiskskål till bil. Hon tittade bakåt och hennes kidnappare återvände till bilen med en burk läsk och två chokladkakor. När han satte sig bakom ratten kastade han en chokladkaka över axeln mot henne. Hon kunde inte fånga den, hon hatade den sorten, för att inte tala om att hon nyligen hade kräkts.

"Jag är törstig", sa hon.

"Vad vill du ha?" frågade han, gick in och kom ut nästan omedelbart med en flaska vatten.

Han lossade korken och satte den i hennes händer. Trots att de var bundna lyckades hon efter ett par försök få in lite vatten i munnen. Framsidan av hennes t-shirt droppade av vatten. Hon brydde sig inte, det tvättade bort en del av barfflukten.

"Tack," sa hon.

Några ögonblick senare var de tillbaka på motorvägen igen. Han ökade farten, körde in i överkörningsfilen och hennes säkerhetsbälte lossnade. Hon tumlade runt i baksätet på bilen, som en enkel tärning som rullar utan riktning.

"Sluta med det där, din galning!" sa mannen när hon försökte spänna fast säkerhetsbältet igen med händerna bundna.

Däcken när föraren bytte fil på ett vårdslöst sätt. Andra förare bromsade för att hålla undan för honom. Sedan körde han mot avfarten. Han bromsade och stannade. Jag klev ur framsätet och öppnade bakdörren.

Hon var redo med fötterna riktade mot honom och slog honom med all sin kraft i en stor spark med två fötter. Han föll till marken och hon var ute ur bilen och sprang vilt när en bil körde på henne, sedan en till, sedan en till.

Han satte sig i bilen igen och körde iväg.

"Dumma flicka!" utbrast han.

KAPITEL 10
BRANDY MINNS

"D ET HÄNDE IGEN, ELLER hur?" frågade hennes mamma när hon hjälpte Brandy ur kundvagnen. "Vad hände den här gången?"

"Förlåt, mamma", sa tonåringen och böjde sig ner för att knyta sin sko. Hennes händer kändes så bra, nu när de inte var bundna längre.

Hennes mamma böjde sig ner och viskade: "Var det samma sak som de andra gångerna? Svimmade du?"

Hon reste sig upp och tittade mot dörren.

"Berätta för mig", sa hennes mamma och flyttade sin dotter framför sig så att de var nära varandra och ingen annan kunde höra. Dessutom var det ingen annan i deras gång.

"Jag var i skolan, på audition. En pojke spelade solo på trummor och sjöng. Han var verkligen utmärkt."

"Och drömsk också, antar jag?" frågade hennes mamma.

Hon kände hur hennes kinder blev varma. "Mitt hjärta slog fortare och fortare och mina handflator blev svettiga och jag kände mig konstig. Nästa sak jag visste var att jag var fastbunden i baksätet på ett fordon i rörelse!"

"Fastbunden? I en bil? Vems bil? Vem var det som körde? Vart var du på väg?"

"Jag kände inte igen bilen eller föraren. Han pratade med någon, med en av de där handsfree-mikrofonerna. Han var en okej förare tills han kom ut på motorvägen. Då körde han som en galning och jag låtsades att säkerhetsbältet hade lossnat. När han körde av vägen och stannade sparkade jag honom så hårt att han ramlade omkull och jag sprang därifrån."

"Tack gode Gud att du kom undan. Var det någon som stannade för att hjälpa dig? Jag hoppas att du fick deras nummer, så att jag kan ringa och tacka dem."

Brandy talade inte, för hon mindes bilarna, ett, två, tre när de körde på henne och hon dog. Igen. Och hamnade i mataffären med sin mamma, igen.

"Prata med mig", sa Brandys mamma.

"Jag dog - igen", sa Brandy, "och hamnade här. Igen."

Hon satte sig ner på golvet, eller snarare hennes knän blev svaga och hon föll ner på knä. Hennes mamma följde efter, som en dominobricka.

De satt tillsammans och höll varandra i händerna utan att prata.

KAPITEL 11
BRANDY THEN

"SKYNDA DIG, BRANDY!" VAR vad hennes mamma hade sagt förra gången. Sista gången hennes enda dotter hade dött - och återuppstått.

När de flesta föräldrar var tvungna att gå till mataffären med sina barn i släptåg - kunde de inte komma därifrån snabbt nog.

Brandy var inte ett av de barnen. Hon föredrog butiker framför parker, sport - ja, nästan alla aktiviteter. Att ta med henne och handla var det enda sättet att få ut henne ur huset.

Det var inte helt och hållet Brandys fel. Hon hade fötts med ett sällsynt hjärtfel. Ett som de sa att hon skulle växa ifrån. Så att springa och leka med de andra barnen var inte ett alternativ för henne.

Därför hade hon kommit att älska köpcentret, men det hon älskade mest av allt var mataffären. Och det var alltid ganska lugnt i livsmedelsavdelningarna. Förutom en gång när de delade ut gratis DVD-skivor. Brandy blev så upphetsad att hon inte kunde andas och de var tvungna att köra henne till sjukhuset.

Hon hade varit tre år gammal då.

KAPITEL 12
BRANDY NU

N U NÄR HENNES DOTTER var fjorton år verkade det hända alltmer sällan. Men hon undrade ändå vad som skulle hända när hon var för stor för att få plats i matvagnen.

"Varför här, tror du?" Brandys mamma frågade, "Varför alltid bara du och jag och här?"

"Jag vet inte mamma, men en sak vet jag. Jag vill handla. Jag vill köpa mat och dryck, och nu går jag. Stanna här om du vill, jag är strax tillbaka. Här, spela patiens på din telefon. Det lugnar dina nerver och shopping lugnar mina."

Kvinnan satt på golvet, medan vagnarna kom och gick, och fokuserade all sin uppmärksamhet på patiensspelet. Hennes dotter kände henne så väl. Men det hon försökte att inte oroa sig för var hur mycket - eller hur lite - hon skulle berätta för sin man. Hon hade inte berättat för honom förra gången, när hennes dotter hade dött, eller gången innan, eller gången innan det. Hon hade bara berättat att de hade varit ute och handlat och att det hade varit stressigt.

"Jag är redo", hade Brandy sagt, den där gången när hon var en liten flicka med armarna fulla av flingor och pop tarts.

De gick mot den självbetjänade kassalinjen.

"Låt mig göra det, mamma!"

Det var vad Brandy alltid sa. Hon älskade att se på när kassapersonalen skannade varje föremål. Och gud hjälpe dem om skanningen var fel.

Brandy och hennes mamma var klara för dagen och gick tillbaka till bilen. Brandy satte sig i framsätet och spände fast sig. De körde iväg och stannade bara en kort stund vid drive-through för att köpa två glassar med varm kolasås.

"Vi har gjort några riktigt bra fynd idag", sa Brandy då och hon sa det igen nu.

"Jag vet att du älskar, men jag skulle ändå vilja höra mer om din, eh, incident idag. Kan du komma ihåg något mer om vad som hände? Du måste ha varit livrädd, helt ensam i en bil med en främling? Vad jag inte förstår är hur det här kan hända. Var den här annorlunda än de andra gångerna? Du sa att du ena stunden var på skolbandets audition och nästa satt du i en bil?"

"Ja, jag väntade på min tur att uppträda, tillsammans med de andra eleverna. Vi lyssnade alla på en pojke på trummor. Han var otrolig, sjöng och spelade. Jag närmade mig längst fram i kön när, ZAP, jag var borta."

"Åh, jag gillar inte ljudet av det där ZAP."

"Det var så det gick till, mamma. Först kliade mina händer, sedan mina ben, mina armar."

"Har du inte berättat om klådan tidigare?"

"Det händer. Vanligtvis lugnar jag ner mig. Den här gången fungerade ingenting och, ja, du vet, Z-ordet."

"Jag måste fråga, men tror du att det här kanske hände för att du ville undvika auditionen? Jag menar att provspela själv. Det är inte något du har velat göra."

Brandy trummade med fingrarna på dörrens arm. "Jag skulle inte hoppa in i en bil med en främling för att undvika en audition", sa hon.

"Okej, älskling", sa hennes mamma och började gråta. Hon hade sagt fel sak - igen. Hon sa alltid fel saker när det gällde hennes dotters...vad skulle hon kalla det? Dotterns resande äventyr.

"Det är okej, mamma."

De körde under tystnad en stund. Det var en behaglig tystnad.

"Jag vill veta hur jag kan hjälpa dig", sa Brandys mamma. "För nästa gång..."

"Jag vet att du gör det mamma, men du är inte där när det händer. Jag måste kunna hantera det själv."

"Finns det någon sak som alltid händer - innan du försvinner?"

"Jag önskar att jag kunde minnas, mamma, men precis som förra gången gör jag inte det." Hon tittade ut genom fönstret och lade armarna i kors.

"När vi är hemma kan du öva och öva och öva. Då kommer du att vara ännu mer förberedd inför din audition i morgon."

"Det var en endagsaudition. Så det finns ingen chans för mig i år. Dessutom gillar inte pappa när jag övar, särskilt inte när han jobbar hemifrån. Han säger att det ger honom huvudvärk."

"Pappa menar det inte så," sa hon. "Jag ska prata med honom. Du vill ju trots allt spela piano, som ett jobb, eller hur? Jag menar en dag, när du har tagit studenten. Och jag ska ringa din lärare och be om ett undantag från regeln."

"Jag skulle vilja höra hur det samtalet gick!" skrattade hon. "Hej, mr Hopper, jag är Brandys mamma, och min dotter, ja, hon tidsreste in i en bil med en främling och dog sedan. Så kan hon vara snäll och provspela för er imorgon?"

"Det var grymt", sa hennes mamma. "Har du ändrat dig om att du vill satsa på en musikkarriär? De gör väl undantag för studenter hela tiden?"

"Det kanske de gör, men jag bryr mig inte. Att jag missade det. Det finns alltid ett nytt öra. Dessutom skulle jag vilja vara en shoppare, jag tror att det är därför jag alltid kommer tillbaka till mataffären eller klädaffären. Kommer du ihåg den gången?"

Hennes mamma nickade.

"Efter inköpare blir det pianist och sedan lärare", sa tonåringen, korsade armarna och bet på naglarna.

Hennes mamma tittade på henne: "Gör det inte älskling. Att bita på naglarna är så ohygieniskt." Brandy satte sig på händerna. "I den ordningen?" sa hennes mamma och skrattade.

"Kanske baklänges", skrek Brandy när de körde in på uppfarten. "Pappa är inte hemma än."

Hon använde den automatiska garageportöppnaren utan att svara sin dotter. Ja, hennes man var sen igen. Han kom hem senare och senare varje kväll. Han sa att jobbet höll kvar honom och tvingade honom att jobba extra utan att betala övertidsersättning. Hon hatade när han aldrig kom hem för att träffa Brandy innan hon gick till sängs. De hade åtminstone haft ett mellanmål färdigt att äta. Hon förberedde middag åt Brandy och såg till att hon kom i ordning på sitt rum. På så sätt kunde hon och hennes man äta middag tillsammans. Det skulle bli en härlig kväll, bara de två.

"Ta väskorna", sa hon.

"Okej, mamma", svarade Brandy när de gick in.

KAPITEL 13
AUSTRALIENS OUTBACK

POJKEN I OUTBACK, DEN norra delen av Australien, hade bott i en låda. Han var tolv år gammal när de hittade honom. Hans kropp var missbildad eftersom han satt med ryggen böjd och knäna uppåt - lådliknande. Även när de bröt upp den och släppte ut honom.

Han kunde inte prata, eller ville inte prata. Tills han började lita på sig själv igen. Då sträckte han på sig och hans kropp slappnade av.

Han föredrog tysta röster, viskande röster. Höga saker, höga ljud av alla slag skrämde honom. Han skakade och stängde in sig i sig själv. Han letade efter, och skrek efter, "Lådan!"

De hade haft den där, i hörnet. Tills de i Sydney sa att han aldrig skulle bli bättre om den inte förstördes.

Han hjälpte dem att göra det, med en slägga, nästan lika stor som han själv. När den var krossad i småbitar rullade hans ögon bakåt i huvudet och han var borta. Borta. Någonstans i hans sinne. Oåtkomlig.

Ingen visste vem han var. Eller vem han tillhörde. Vad är det för föräldrar som låser in sitt barn i en låda som ett djur?

Men han hade inte svultit. Inte för mat i alla fall. Och han var inte uttorkad.

Vilket betydde att någon var i närheten. De väntade, rangers, officerare för dem att komma tillbaka - men de gjorde inte. Så de måste ha vetat att lådan i lådan var ute.

Ett team av psykologer satte upp kameror i huset så att de kunde övervaka pojken på distans från Sydney.

Andra från hela världen ville "vara med" och observera pojken. Några skrev avhandlingar om barnmisshandel, om försummelse. De kämpade sig upp till toppen av listan.

Pojken gungade fram och tillbaka utan att säga ett ord. "Box!" hade varit hans enda försök. Men han visste vad som pågick. Han hörde dem viska. Miljonärer som ville adoptera honom. Han skulle ingenstans. Han skulle stanna här. Det här var hans hem.

Pojken, som aldrig hade sovit i en säng förut - eller om han hade gjort det så kom han inte ihåg det - ville inte sova i en säng nu. Istället rullade han ihop sig till en boll och sov i hörnet på golvet. Han hade användning för kudden och filten som de lämnat åt honom. Dessa lyxartiklar lämnades orörda.

Medan de bestämde vad de skulle göra med honom utsågs en syster. I Australien kallas systrar också för sjuksköterskor. I vissa fall är en syster också en syster (en nunna.) En syster som är en sjuksköterska kan också vara en bror. Om nämnda syster/sjuksköterska var man.

Pojkens syster/sjuksköterska var en snäll dam som alltid hade håret uppsatt i en knut. Hon bar en vit uniform med matchande skor som gnisslade för varje steg hon tog.

Första gången hon försökte kasta en filt över honom skrek han som om han hade blivit attackerad av ett argt moln.

"Såja, såja", sa systern. Hon skakade till och lyfte sedan filten. Hon slängde den runt sina axlar och pojken flämtade till.

"Den är mjuk", sa hon.

Hon gosade in sig i den. Luktade på den.

"Den är väldigt mjuk och varm", ropade hon.

Pojken sträckte ut handen och rörde vid kanten på filten. Han klappade den, som om den fortfarande var kvar på fåret där den hade sitt ursprung.

"Skulle du vilja ha den?" frågade systern.

Han sa nej i två dagar, sedan lät han henne lägga den runt axlarna. Efter det sov han med den, som om den vore en levande varelse. Han vaggade den som en bebis och viskade till den. Till slut fann han tröst i den och lät inte systern ta den eller tvätta den.

På den fjärde morgonen av pojkens frihet började djuren samlas utanför på fastighetens gräsmatta. Först anlände en känguruhona. Hon hoppade till nederkanten av verandans trappsteg, satte sig sedan på sina bakben och tittade på dörren. Därefter kom en emu och gjorde samma sak. Sedan kom en skata, en kakadua och en galah. Fåglarna turades om att sjunga och deras röster verkade locka pojken ut genom dörren. Tidigare hade han inte haft lust att öppna dörren eller gå ut genom den. Men när han såg djuren och fåglarna gick han utan att tveka ut för att möta dem.

Systern tittade på honom bakom den gallerförsedda ytterdörren. Hon var inte förtjust i hundar, katter eller fåglar - de skrämde henne faktiskt - men dessa vilda djur skrämde henne. Hon skulle våga sig ut om det behövdes. Hon hoppades att de snart skulle skicka ut någon för att hjälpa henne.

Pojken stod på verandan och andades in luften. Han öppnade sina armar brett, bredare, sedan fyllde han sina lungor med utomhusluft. Han andades in den, girigt.

Systern, som önskade att han var hennes egen son, såg hur hans bröstkorg expanderade inom hans lilla ram.

Sedan hände det.

Pojken började stiga, som om han var en ballong som skulle flyga, men han var ingen ballong och han hängde inte i ett snöre - han var en ung pojke.

Systern sprang ut. Hon älskade honom - och han var på väg bort. Bakom henne krossades fönsterdörren.

"VÄNTA!" ropade hon och sträckte sig efter honom med greppande fingrar.

Medan pojken gled iväg. Hans små fötter reste sig. Förde honom vidare, längre bort. De tre fåglarna bar honom, vidare och vidare.

Hon grep tag, men han var för långt borta. Så hon såg på när en kängurumamma lyfte blicken.

Och pojken föll ner på mammans axlar. Hon satt högt upp, med armarna runt rooens hals, och sedan hoppade hon iväg. Bredvid dem höll en emu jämna steg.

Systern visste inte vad hon skulle göra och sprang in för att hämta sina bilnycklar. Hon startade motorn och följde efter pojken tills hon inte kunde se honom längre.

Pojken som en gång hade bott i en låda hade tagits från människornas värld. Han hade gått till en värld där djuren tog hand om sina egna. Och det här barnet var en av deras egna. Han tillhörde familjen.

Och pojken sjöng sånger, med de röster han kände igen djupt inom sig. Och han skrattade högt och var lycklig, medan han fördes bort till platsen i sitt hjärta. Platsen där han var, vad han alltid varit menad att vara.

KAPITEL 14
ENSAM POJKE

DEN FÖRBJUDNA SKOGEN i Japan hördes ett barns rop. Fåglarna samlades och stämde in i sången och förstärkte den ensamme pojkens rop på hjälp. En scops-uggla anlände och skrämde bort resten av fåglarna. Hon satt i närheten, vaktade och väntade.

Ett billarm ljöd. Larmet överröstade barnets skrik. Han satt i ett spädbarnssäte. En som brukade sitta i baksätet på en bil.

"Klick, klick", och billarmet tystnade, tillräckligt länge för att föraren skulle kunna höra barnets svaga gråt. Hon och hennes man rusade ut i skogen, där de hittade barnet som var rädd och alldeles ensam. Tillsammans tröstade de honom.

Flera vaxduvor stannade kvar och tittade. De bedömde situationen. De prasslade med fjädrarna och kvittrade. Som om de rapporterade om räddningen av barnet i direktsändning.

Kvinnan tog loss barnet. Hon höll honom nära sig och ställde frågor som han var för ung för att svara på. Frågor som: "Var är din Haha, Ko? Var är din Otosan?" (Översatt: Var är din mor, barn? Var är din far?"

Hennes man sökte igenom området. Han ropade ut. När ingen svarade letade han efter tecken. Vuxnas fotavtryck. Han hittade inga.

"Inga fotspår", sa han och skakade misstroget på huvudet. För honom var skogen inte hans favoritplats. Han föredrog städer och buller. Det var han som av misstag hade satt igång bilalarmet. Han hade hoppats att hans fru skulle vilja åka. Han hade lovat henne lunch på hennes favoritrestaurang. Det var då hon hörde barnet och sprang in i skogen.

Han hade följt efter sin fru, för hennes säkerhet. I staden undvek de områden där rovdjur kunde lura. De lurade intet ont anande, tillitsfulla människor - som hans fru - in i fara.

Skogen, just den här skogen, var full av ljud. Levande, med ljus. Och barnet, de kunde inte lämna barnet.

"Nu går vi", sa han. "Vi tar honom till sjukhuset för att se till att han mår bra och de kan kolla med polisen vem han tillhör."

Hon höll barnet tätt intill bröstet och drog handen längs ryggen, som en mamma skulle göra med sitt eget barn. I hennes sinne var han just det, hennes barn. Barnet som hon aldrig hade kunnat få, hade ropat på henne och hon hade kommit in i den förbjudna skogen och hon hade gjort anspråk på honom.

"Han är min", sa hon, först trotsigt, sedan mer mjukt, "jag menar vår. Vårt barn. Den son du alltid har önskat dig."

Hennes man tittade på pojken. Han behövde dem. Och han var för liten, för ung för att minnas något tidigare. Han litade redan på dem. Ingen skulle få veta, tänkte han. Men var det rätt att ta det här barnet som sitt eget?

"Ingen skulle få veta", sa hans fru, som om hon hade läst hans tankar.

Detta hände ofta, efter tolv år tillsammans. De tänkte liknande saker. Talade samtidigt. Avslutade varandras meningar.

De var ett kärleksfullt och stabilt par. Tillsammans hade de så mycket att ge till ett barn. Ändå hade ödet inte gett dem ett eget.

Hon gav barnet till sin man och väntade.

Fåglarna ovanför kunde se hur hennes armar darrade. De sjöng och uppmuntrade henne att ta emot barnet. Hjälpte honom att bestämma sig för att barnet nu var deras.

Hon hade redan gjort anspråk på honom i sitt hjärta och i sin själ. Det hade hennes man också, men han slets mellan själviskheten i det. Han ville göra det rätta, inte det själviska.

"Vill du komma och bo hos oss?" frågade han barnet.

Trots att han inte svarade gick de tre tillbaka till parkeringsplatsen. De satte pojken i mitten av baksätet, på avstånd från krockkuddarna.

Fåglarna och ugglan nickade och flög sedan iväg in i skogen.

KAPITEL 15
EN KVINNA

E N GAMMAL KVINNA GUNGAR i sin stol, fram och tillbaka, fram och tillbaka. Hennes minnen är flyktiga, som moln. Ofta utom räckhåll.

Förvirringen är på väg in. Snart kommer den att ersätta allt i hennes sinne med ingenting.

Demenssjukdomar väljer inte sina offer efter den sjuka personens önskemål eller behov. Dess syfte - att förvirra. Att alienera. Att radera.

Hon hade stått ut med det, tills en dag då allting vände upp och ner.

Det var vad hon kallade det nu, topsy-turvy. Eller kort och gott T/T. Den andra saken hade varit dålig och blivit värre. Men topsy-turvy betydde att hon inte var galen och mer än så, det betydde att hon inte var ensam - inte längre.

I sitt sinne såg hon allt. Ibland hände det i slow motion, som om hon hade tryckt på en knapp på fjärrkontrollen. Ibland spelades scener upp om och om igen, baklänges, framlänges, på loop. Andra gånger befann hon sig mitt i händelsernas centrum och observerade på nära håll som en reporter.

När det hände första gången var hon rädd för att bli skadad eller dödad. Hon hade bevittnat en del hårresande saker. Men när hon insåg att de omkring henne inte kunde se henne eller höra henne, då kunde hon slappna av. Med undantag för ärkeänglarna, de visste att hon var där, men de lät inte hennes närvaro bli känd för andra.

Som den gången när hennes tankar flög till Nederländerna. Hon hade slagit sig ner och tittat på den lilla flickan. Hon hade gråtit när barnet förlorade synen. Hon kände sig hjälplös, eftersom hon inte kunde göra något annat än att titta på. Även det förändrades med tiden.

Sedan blev Lia och E-Z vänner, och svanen Alfred lades till i mixen. Hon tittade på dem, lyssnade. Hon kände sig som en osynlig, ohörd medlem i deras team. Hon såg dem arbeta tillsammans och växa till goda vänner.

Plötsligt talade hon till Lia i sitt inre och den lilla flickan svarade. En helt ny värld öppnade sig för Rosalie.

Till en början var deras konversation något begränsad. Även om det var en stor åldersskillnad hade de två en del gemensamt. Som deras kärlek till balett.

Sedan ärkeänglarna ändrade reglerna höll Rosalie ännu mer ett öga på De tre. Ändå var dessa utbyten inte tillräckliga för att utmana hennes sinne, för att hålla hennes sinne sysselsatt.

Det var då Rosalie upptäckte De andra. Barn med unika förmågor i andra delar av världen - och hon kunde tala med dem.

Först var det Brandy, en tonåring som bodde i USA. Sedan kom kommunikationen från Lachie, även känd som Pojken i lådan. Den tredje, men inte sista, var Haruto, som bodde i Japan. Haruto var yngst av alla. Alla tre barnen hade förmågor. Och hon var den ensamma kontaktpersonen.

För tillfället höll Lia henne kopplad till Alfred och E-Z, men snart skulle hon behöva berätta allt om de andra för dem.

Rosalie skakade när skötarna kom med hennes mat. Röd gelé. Hennes favorit. Hon åt den första efter att ha hällt lite grädde på den. Grädde som skulle ha varit i hennes kaffe.

I sitt huvud sa hon tack till flickan som levererade maten, för Rosalie kunde inte tala. Hon kunde inte tala. Hennes enda sätt att kommunicera var i hennes sinne...

Att kalla på De Tre för att besöka henne på Seniorernas residens verkade inte vara rätt sak att göra. För tillfället skulle hon låta Lia hålla henne som en hemlighet, och hon skulle ta anteckningar om Brandy, Lachie och Haruto och sätta in dem i en bok.

Hon skulle behöva gömma den, från ärkeänglarna. Hon skulle hålla en hemlig fil. Hon skulle inte tappa bort de här barnen, oavsett vad.

"OH!" utbrast hon och sträckte in handen i den översta lådan på nattduksbordet bredvid sängen. Hon mindes en gåva. En anteckningsbok, på framsidan stod det: "Grattis på födelsedagen!"

Hon klottrade på de första sidorna. Inga riktiga ord, men när hon kom till den trettonde sidan. Tretton för henne hade alltid varit ett lyckotal, hon började skriva om Brandy, Haruto och Lachie. Det fanns så mycket att skriva. När hon fick ont i handen stannade hon, böjde den en stund och fortsatte sedan att skriva.

Rosalie undrade om det fanns fler barn än de tre nya. Om hon väntade ett tag kanske de också skulle prata med henne. Det skulle vara bättre att berätta sin hemlighet när alla barnen hade avslöjat sig.

Rosalie var noga med att inte skriva "Secret" eller "Private" på utsidan av boken. Och hon var glad att det inte följde med någon nyckel. Dessa tre saker skulle få alla som såg anteckningsboken att vilja läsa den. De skulle bli nyfikna, som en katt. Det fanns massor av människor i hennes ålder som var nyfikna. Men de skulle inte vilja läsa efter att ha sett de första tretton röriga sidorna.

Hon bläddrade fram till slutet av boken. Rosalie fyllde de sista tretton sidorna med ännu mer kladdig handstil. Sedan lade hon tillbaka boken och pennorna i lådan och stängde den.

Hon log, lutade sig tillbaka på kudden och vilade armen medan hon tänkte på middagen. Mest efterrätt.

KAPITEL 16
FEL VS RÄTT

ET FINNS EN VÄRLD som vi lever i, en värld som är fylld av både goda och onda människor. En värld som styrs av mänskliga varelser, som är bristfälliga och ofullkomliga. Människor som inte är robotar... som inte är programmerade att vara goda eller onda.

Vi lär oss våra liv, från vad vi ser, vad vi lägger märke till, vad vi lär oss och vad vi blir.

Vi lär oss av den grund som har lagts för oss. När vi växer och vidgar våra vyer måste vi göra val.

Det är upp till oss att tillämpa den kunskap vi lärt oss. Att välja mellan fel och rätt.

Genom tiderna har stora människor blivit lurade. Stora och mäktiga människor. Till och med vuxna.

Ibland är beslutet enkelt. Utan gråzoner. Ibland finns det krafter utanför vår kontroll som leder oss.

Andra som tvingar oss att följa deras etiska kod. Ibland finns det oväntade element.

Säg att vi är på en väg och någon sätter upp en vägspärr. Vi kan ta bort det eller stanna och vänta på att personen ska ta bort det. Vi kan välja.

Livet handlar om val. De val vi gör kan leda oss rätt i livet. Vi följer den vägen, med de tegelstenar som lagts ut efter våra goda beslut.

Eller så kan vi låta oss ledas vilse. Luras. Luras att gå emot det vi vet är sant.

När det händer kan allt falla samman - som dominobrickor.

Och det kommer att bli konsekvenser för våra handlingar - eller passivitet. Inte bara för oss själva. Det vi gör påverkar andra.

Och i slutändan, när vi dör, fångas vi alla upp och hålls i famnen av våra själsfångare.

Furierna - tre onda gudinnor - tar kontroll över själafångarna.

Själsfångarna blir kapade.

Själar flyger omkring utan ett hem.

Hemlösa själar.

Kaos tornar upp sig vid horisonten.

Var kommer du att stå?

KAPITEL 17

ROSALIE I DET VITA RUMMET

ROSALIE ÖPPNADE ÖGONEN. DET var matdags och hon hade bett om en frukostbricka. Hennes rum låg på vägen till matsalen. När de bar maten dit kände hon lukten av bacon. Det skulle få hennes mun att vattnas. Och kaffet. Hon väntade på sin tur. Hon hade inget annat val än att vänta på sin tur.

Hon visste att de föredrog att ge de boende mat i matsalen. Hon förstod att det var nödvändigt att hålla sig till en tidtabell. Ändå visste hon att de skulle komma till henne - så småningom. Det gjorde de alltid på det äldreboende där hon bodde.

Hon såg en kardinal i ett träd utanför sitt fönster och funderade på att stiga upp ur sängen för att titta närmare. Men när hon slängde tillbaka täcket och klev ner på mattan kände hon sig konstig. Luddig.

Och landade i Det vita rummet.

Ingenting hade förändrats sedan E-Z hade varit där. Och det tog inte lång tid för Rosalie att hitta sina fötter och börja utforska.

När hon lät fingrarna glida längs bokhyllorna fick hon en känsla av déjà vu. Hade hon varit i det här rummet förut?

Hon gick till mitten av rummet och vände sig om. Bokhyllorna fortsatte och fortsatte. Så långt ögat kunde se. Höjden på dem gjorde henne yr och hon längtade efter att få sätta sig ner och hämta andan.

BINGO

En bekväm stol dök upp och hon satte sig i den. Hon lutade sig tillbaka och insåg sedan att den hade hjul och kunde snurra runt, så hon vred på den. Och vred och vred. Sedan slöt hon ögonen och vilade. Hon var glad att hon inte hade ätit frukost än eftersom hennes mage var lite orolig när något rörde sig ovanför henne.

Eller hade hon inbillat sig det?

"Du där!" ropade hon och pekade på ingenting och ingen. "Jag såg dig röra dig, du, du lilla...vad du än är, kom ut, kom ut," övertalade hon.

Hon bestämde sig för att hon hade inbillat sig och återgick till att undersöka sin omgivning. Och undrade hur hon hade hamnat på den här platsen.

"Är jag tillbaka i mitt rum och föreställer mig att jag är på den här platsen?" Hon använde sina naglar för att gräva i stolsarmarna. Hon såg hur de skrapade märken i läderytan. Märkena var lätta repor, tillräckligt lätta för att tas bort med lite gnidning. Hon var trots allt en gäst, och gäster bör alltid ta hand om den plats de besöker. Annars kommer de inte att bli ombedda att komma tillbaka igen.

Ovanför henne rörde sig något igen. Den här gången åtföljdes det av ljudet av flaxande vingar. Var det en fågel som satt fast där uppe och inte kunde ta sig ut?

"Jag kommer, lilla vän", sa hon, reste sig upp och gick mot stegen.

Träkonstruktionen, som om den kunde läsa hennes tankar, rullade över golvet och stannade vid hennes fötter.

"Hoppa på!" sa den.

Rosalie gjorde det, och det var inte förrän den rörde sig själv som hon insåg att saken hade talat till henne.

"Uh, tack", sa hon när den stannade.

"Du är välkommen", sa stegen. "Är det någon särskild bok du är ute efter?"

Rosalie skrattade. "Jag tyckte jag hörde en fågel. Shhhh."

Stegen skrattade. "Det finns inga fåglar här inne, frun. Ljudet du hör kommer från böckerna."

"Böcker med vingar?" "Ja", svarade stegen. Sedan: "Du där! Kom hit!"

Rosalie såg hur en tjock svart bok tryckte sig fram till hyllkanten. Sedan växte vingar ut på dess fram- och baksida. If flög ner och landade i Rosalies händer.

"Oj då!" sa hon och tittade på bokryggen. "Jag tror att jag redan har läst den här."

DWOING.

Boken slet sig ur hennes händer och återvände till sin ursprungliga plats på hyllan.

"Jag är ledsen", sa Rosalie. Sedan till stegen: "Jag hoppas att jag inte förolämpade herr Dickens."

"Om du är färdig med mig nu", sa stegen, "får jag föreslå att du hoppar av?"

"Jag är ledsen att jag har slösat bort din tid", sa hon.

"Det har du inte. Jag är glad att kunna stå till tjänst."

Rosalie klev ner och stegen for iväg till andra sidan av rummet.

Rosalie kände på pannan, nej hon var inte febrig. Hennes blodsockernivå måste ha blivit för låg. Och nu skulle hon inte få äta, inte på flera timmar. Och den där tjuven Agnes Lindsay skulle stjäla hennes frukost. Hon skulle smyga in på hennes rum och äta upp varenda bit. När betjänterna kom tillbaka för att hämta brickan skulle de tro att Rosalie ätit upp den. Rosalie och Agnes var svurna fiender.

För att slippa tänka på sin kurrande mage fokuserade Rosalie på böcker. En bok i synnerhet. En bok som hon hade älskat att läsa om och om igen när hon var en liten flicka. Den hette Anne på Grönkulla av, av... Hon kunde inte minnas författarens namn.

"Lucy Maud Montgomery", sa stegen när den körde fram till hennes sida. "Hopp ett", sa den.

"Ah, tack för erbjudandet men jag är för hungrig, och kanske för yr för att klättra upp på dig."

"Sätt dig", sa stegen, "där borta." Sedan visslade stegen och högt uppe på hyllorna rörde sig en bok framåt. Den fick vingar på fram- och baksidan och flög in i Rosalies händer. Hon kramade den mot sitt bröst.

"Tack," sade hon.

"Var det allt?" frågade stegen.

"Ja, om du inte har ett extra par läsglasögon gömda någonstans i det här rummet."

BINGO.

Hennes glasögon dök upp och satt perfekt rakt på hennes näsa.

Stegen återvände till sin tidigare position.

Rosalies anklar gör ont.

BINGO.

Ett stativ dök upp under hennes fötter.

Hon öppnade boken. Inuti fanns en skiss av bokens namne Anne Shirley. Hon drog fingret längs konturerna av den lilla föräldralösa flickans röda hår.

Anne blinkade åt Rosalie. Som blinkade och sedan log tillbaka. Hon hade hört talas om interaktiva böcker förut, men den här tog priset!

Med darrande händer vecklade hon ut kartan över Kanada. Hennes ögon följde pilarna som ledde till Prince Edward Island. I sitt inre gick hon sträckan - och kom fram till Green Gables. Utanför huset stod familjen Cuthbert. De väntade på Anne.

Hon vände blad och började läsa. Hon skrattade åt varje knipa som Anne hamnade i.

Sedan kurrade det i Rosalies mage och hon önskade sig något som inte alls liknade frukost. En

Jell-o-sallad. Något som hennes mamma brukade göra till henne vid speciella tillfällen när hon var en liten flicka. Hennes favoritdel var den vispade grädden på toppen.

BINGO.

Framför henne låg en regnbågsfärgad Jell-o-sallad med en klick vispgrädde på toppen. Hon tänkte sked och

BINGO.

En sked dök upp. Men sedan kom hon ihåg hur hennes mamma och pappa skällde ut henne om hon åt sin efterrätt först. Hon tänkte på potatismos. Ångande hett med smör som smälte på toppen. Åh, och köttfärslimpa med ketchup. Och nyplockade ärtor från trädgården.

BINGO.

Framför henne stod en stor skål med potatismos. Smöret smälte på sidorna. Det var ett konstverk. Det såg nästan för gott ut för att ätas.

Bredvid låg en köttfärslimpa med en klick ketchup på toppen.

Och i en separat skål, ärtor. Med en kvist mynta på toppen.

Hon log. Som liten flicka ville hon inte att hennes matvaror skulle röra vid varandra. I det här rummet visste kocken vad hon gillade.

Men kocken hade glömt att ge henne ätredskap. Hon föreställde sig en kniv och en gaffel.

BINGO.

De kom också. Hon åt girigt. Akta så att du inte skadar Anne på Grönkulla. Boken som kände ett behov av skydd flög upp och svävade i luften där Rosalie lätt kunde nå den.

Rosalie åt allt, inklusive Jell-o-salladen, som skakade på skeden.

När hon var klar

BINGO

försvann tallrikarna, besticken etc.

Efter några ögonblick av tacksamhet för den mat hon hade fått, tittade hon upp på boken.

If flög till henne och hon fortsatte att läsa.

Läste och väntade.

Vad eller vem hon väntade på - det visste hon inte.

KAPITEL 18
CHARLES DICKENS

STADEN LONDON, ENGLAND, föll en metallbehållare från himlen.

Själva behållaren var inte lång eller siloliknande. Faktum är att det närmaste den liknade var en kapsel. Skillnaden var att detta föremål var fyrkantigt och inte hade några fönster. Istället för fönster var den spegelvänd på alla sidor. Eftersom den också var platt när den träffade vattnet gled den över med en enorm kraft. Den landade på stranden av Themsen.

Två detektorister som hette John och Paul såg på när allt hände. Båda männen var i trettioårsåldern. De försörjde sig på vinsterna från detektering. Därför betraktades de som professionella detektorister.

Detektoristernas arbetstider varierade. De var egenföretagare och ansvariga för underhåll och skötsel av sina verktyg.

En detektor behöver många verktyg. Han ville inte ge sig ut på en utgrävning utan att vara förberedd. De flesta bar med sig en verktygslåda överallt. Inuti fanns viktiga föremål. För att bara nämna några: hörlurar, regnskydd, selar, grävverktyg, murslev, verktygsbälte, förkläde (med fickor), vattentät påse, ryggsäck, sopsäck.

De flesta av John och Pauls utgrävningar var i London, vid Themsen. I enlighet med lagens krav hade de Standard- och Mudlark-tillstånd. Dessa beviljades av Port of London Authority.

Tillståndet gav dem rätt att gräva till ett djup av 7,5 cm om så krävdes (stegen var nödvändig oavsett om du hade för avsikt att gräva eller inte).

När det gällde det fyrkantiga föremålet - som hade landat framför dem - behövde man tänka till lite. Innan de hämtade det och gjorde anspråk på det.

"Vill du ta en närmare titt?" frågade Paul.

John, som inte sa så mycket, nickade.

De traskade framåt med verktygen i hand. Deras gummistövlar klämde och klämde och förflyttade lera och vatten med varje steg. Flodstranden var ofta mycket lerig efter flera dagars ihållande regn.

"Krav!" sa Paul.

"Det låter rimligt", sa John.

Även om de båda hade sett det vid exakt samma tidpunkt visste han att det också var ett anspråk för hans räkning. De var partners, hade alltid varit det och ingenting skulle någonsin ändra på det.

Båda traskade vidare tills de nådde den. Den var som en fyrkantig spegelkula och när de försökte undersöka den såg de bara sina egna reflektioner i den.

"Jag behöver klippa mig", sa John.

Paul fnös medan han rörde vid sidan av den med tån på sin stövel. "Det måste gå att öppna den på något sätt", sa han.

"Den är för stor för att vi ska kunna rulla över den", sa John och tog upp ett måttband ur fickan och mätte höjden på ena sidan. Han visade resultatet för Paul, som visade 60 centimeter.

De gick runt objektet. Stannade till och knackade, knackade då och då. De var noga med att inte sätta smutsiga fingeravtryck på det spegelvända objektet. Men de hoppades att de skulle trycka på en hemlig knapp och öppna den.

Och lyssnade. För att se till att den inte tickade.

"Vi kanske borde ta den till museet eller rapportera vår upptäckt?" föreslog Paul. "De skulle skicka en lastbil eller en kran för att hämta och transportera den. Efter att bombgruppen tagit en titt på den."

John skakade på huvudet.

"Om de skickar över bombgruppen kommer de att spränga den. Det kommer att ligga krossat glas överallt och vårt krav kommer att vara värdelöst."

"Sant, sant", sa Paul. "De där killarna älskar att spränga saker. Jag menar, det är väl en förmån?"

"Jag antar det. Vad ska vi göra nu? Den tickar inte. Vi är klara i det avseendet."

"Ja. Vi behöver inte ha med någon grupp", sa Paul. Han gick runt objektet med händerna bakom ryggen. Det var hans tänkande gång. John gick bakom honom och matchade hans steg, med händerna bakom ryggen.

Paul sa: "Vi måste ta reda på vad det är och hur gammalt det är. Vi behöver bara göra anspråk på vissa saker enligt Treasure Act från 1996. Det ser inte ut som guld eller silver och det ser definitivt inte ut att vara över trehundra år gammalt. Det här fyndet kanske är vårt och bara vårt, dvs. vi kanske inte behöver rapportera det till vår lokala FLO (Finds Liaison Officer.)

"Definitivt inte guld eller silver", sa John, knackade på metallföremålet och lyssnade. Det lät ihåligt. Han knackade på det på några ställen och lyssnade.

Ovanför dem dök två lampor upp.

Ett var grönt och ett var gult.

De landade på toppen av föremålet.

"Shoo!" sa Paul.

"Håller vi på att bli galna?" frågade John och kliade sig i huvudet.

"Det tror jag inte", svarade Paul.

Lamporna lyfte och svävade runt. Båda föll till botten av containern. När de hade lagt sig lyfte lamporna den och höll den på plats. Sekunder senare började den rotera, först långsamt, sedan allt snabbare. Snart roterade den i en hög hastighet. Medan den snurrade började den sjunga med en hög röst.

Detektoristerna föll på knä och höll för öronen med händerna. Deras kroppar var fyllda av illamående, inte helt olikt sjösjuka. Och de var mycket rädda.

"Vad är det som händer?!" skrek John.

"Jag tror att saken kläcks!" svarade Paul.

När behållaren föll till marken pulserade den. Skakade. Skakade. Den speglade lådan gapade upp och en del av den föll ner som en vindbrygga på den gräsbevuxna flodstranden.

"Arrrgggggh!" ropade detektoristerna.

De väntade och tittade på genom utrymmet mellan sina fingrar. Inte längre intresserade av att göra anspråk på saken. Inte längre intresserade av dess värde.

Ut klev en ung pojke.

"Det är ett barn", sa Paul och ställde sig upp.

John ställde sig också upp och satte händerna på höfterna.

"Vänta", sa Paul. "Han är klädd som en av de där Oliver Twist-barnen."

"Jag är pånyttfödd", utropade pojken, tippade på sin mössa och satte sedan tillbaka den på huvudet. Han sträckte på sig, gäspade och tog sedan in sin omgivning. "Titta, där! Parlamentsbyggnaderna. De har förändrats sedan jag såg dem sist. Och lyssna", sade han när klockan slog en, två, tre gånger. "Varför har de satt The Great Bell i en bur?" frågade han.

"Vad menar du med en bur? Och den heter Big Ben", sa Paul. "Och varför är du klädd så där? Är du på maskerad?"

Pojken kände på framsidan av sin väst. Han kontrollerade att västen var helt knäppt och att byxbenen var helt nerdragna. Han var mer van vid att bära kortbyxor och de längre byxorna ville han alltid knyta ihop. På huvudet hade han en hatt som han tog av sig innan han talade igen.

"Vet du vägen till Portsmouth?" frågade han. "Mamma och pappa kommer att oroa sig för mig."

Detektoristerna tittade på varandra, men ingen av dem sa något. För första gången i sina liv var de mållösa.

"Jag går nu", sa pojken och satte på sig hatten igen.

POP.

POP.

Hadz och Reiki anlände, och blockerade flög rakt framför ögonen på den unge pojken.

"Charles Dickens, du måste stanna hos de här två männen. De kommer att ta dig dit du behöver vara. Du måste vara med E-Z."

"Vad sa de?" sa John och gnuggade sina öron. "Jag tror att jag håller på att bli galen."

"De sa att han är Charles Dickens. Charles Dickens! Och vi ska hjälpa honom att komma till E-Z vem han än är när han är hemma", svarade Paul.

Charles Dickens. DEN Charles Dickens. Annars känd som E-Z:s och Sams avlägsna släkting... Lyfte på hatten mot de två älvliknande varelserna. "Jag hade en bok en gång, med en älva på omslaget av Grimm. Känner ni honom?" frågade han.

Hadz och Reiki fnissade och försvann sedan.

POP

POP.

Charles Dickens satte på sig hatten igen: "Jag ska till Portsmouth." Han började gå.

"Nej, det är du inte", sa detektoristerna unisont.

"Det är klart att jag är", sa han.

"Portsmouth är en lång promenad", sa John.

Bakom dem började den speglade kuben att skaka och rassla. Sedan talade den: "Denna cybus autem speculatam kommer att självförstöras om 5, 4, 3, 2, 1, 0."

Detektoristerna slog i marken och täckte sina huvuden med händerna.

POOF.

Och den var borta.

"Puh!" sa Dickens. Sedan pekade han mot London Eye. "Vad i hela friden är det där?" frågade han.

Detektoristerna sprang framför Charles. De visade vägen och röjde undan. Likt två fotbollsförsvarare höll de honom säker. De väjde för cyklar, fotgängare och herrelösa hundar. De styrde in honom på andra vägar för att undvika spårvagnar, taxibilar och skotrar.

"Det heter London Eye och man kan se mil efter mil där uppe."

"Finns det någon chans att vi kan äta något snart?" frågade Charles och gnuggade sin mage.

"Varför inte komma till oss och dricka en kopp te först", frågade Paul. "Min mamma gör en riktigt god kopp te och hon kanske till och med slänger i ett kex eller två."

"Det låter bra", sa Dickens. "Sedan måste jag ta mig hem. Mamma kommer att undra var jag är. Jag får inte vara ute sent, och med tanke på var solen står, tror jag att den kommer att gå ner snart."

När de närmade sig Convent Gardens lade Dickens märke till en plakett. "Titta här", sa han. "Mitt namn står skrivet här."

John och Paul tittade på Charles Dickens.

"Vad?" sa han.

"Du kommer att bli den mest berömda brittiska författaren genom tiderna", sa John. "Och Oliver Twist är en av dina mest kända karaktärer."

"Är det så?" frågade Charles.

"Det är det", sa Paul. "Och jag vill inte förolämpa dig eller så, men du vet, William Shakespeare är också ganska berömd", sa Paul.

"Shakespeare var en pjäsförfattare. Skrev jag pjäser?" frågade Charles.

"Nej, du skrev romaner. Då kanske du hade rätt."

De kom fram till Pauls hus, "Mamma, det här är Charles Dickens", sa han.

Hon stod i köket och hade på sig ett förkläde som hon torkade händerna på innan hon skakade hand med Charles.

"Har du någon relation till THE Charles Dickens?" frågade Pauls mamma.

"Trevligt att se dig igen", sa John och bytte ämne. "Får jag vara så oförskämd att be om en kopp te med lite bröd och smör?"

"Ni tre kan gå in och sätta er, så kommer jag med det direkt", sa hon och föste ut dem ur köket.

De satte sig i det främre rummet. Paul satte sig nära fönstret så att han kunde titta ut genom gardinerna.

Under tiden tänkte John och Paul i liknande banor. Hur de hade upptäckt Charles Dickens och hur de skulle kunna tjäna lite pengar på det.

Paul frågade: När dog Charles Dickens? Svara på frågan: 1870. Han visade skärmen för John.

"Varför ville du åka till Portsmouth?" frågade John.

"Jag brukade bo där", sa Charles.

"Har du några fler böcker", frågade Paul. "Jag menar böcker som du inte har publicerat än?"

"Jag vet inte", sa Charles. "Har jag skrivit många böcker?"

"Ja, det har du verkligen Charles", säger John.

"Är de bra?" frågade Charles.

"Jag läste Oliver Twist när jag var liten och Stora förväntningar också. Utmärkt men lite för lång för min smak", säger Paul.

"En julsaga var bra", sa John, "Inte för lång och en utmärkt läxa att lära sig."

Det var tyst i rummet i några minuter.

"Jag måste hitta den här Ezekiel Dickens - eller som han kallas av sina vänner E-Z", sa Charles. "Jag vet inte hur jag vet det, men jag tror att han bor i Amerika." Han gäspade och kunde knappt hålla ögonen öppna.

Pauls mamma kom in med en bricka fylld med godsaker. Alla åt sig mätta och snart somnade Charles i stolen.

"Ah, den lille sover djupt", sa Pauls mamma och lade en filt över honom.

"Han är så liten", sa hon.

"Men han är en av de största författarna."

John inflikade: "Han har skrivandet i blodet, så en dag kanske han blir en stor författare."

Pauls mamma skrattade och gick sedan upp till sitt rum för att titta lite på TV.

Under tiden diskuterade Paul och John vad de skulle göra med Charles Dickens.

"Synd att vi inte kan behålla honom", sa John.

"Tja, jag tror inte att museet skulle acceptera honom", sa Paul.

Båda kom överens om att göra lite efterforskningar om Charles Dickens på Internet.

POP

POP.

John och Paul stirrade framåt som om de sov. Trots att de var långt borta. Hadz och Reiki sjöng en sång för dem som lät ungefär så här:

"Charles Dickens är bara en pojke.

Han är ingen leksak för en detektorist.

Hjälp honom att hitta sin kusin i USA.

Gör det på morgonen, annars får du betala!"

Denna sång gick runt och runt i John och Pauls huvuden tills de visste vad de var tvungna att göra.

"Vi ska hitta E-Z Dickens", sa Paul.

"Ja, det är det rätta att göra", sa John.

POP

POP.

Och de var borta.

KAPITEL 19
ROSALIE BORED

ROSALIE BÖRJADE TRÖTTNA på att läsa Anne på Grönkulla. Ju äldre hon blev, desto svårare blev det för henne att koncentrera sig på en sak under en längre tid. Hon tog av sig glasögonen och önskade att hon hade en lavendelmask för ögonen.

BINGO.

En mjuk mask med en doft av lavendel blockerade ljuset och lugnade hennes trötta ögon.

"Det är som om det finns en magisk ande här inne!" sa hon, sedan slöt hon ögonen och somnade.

När hon vaknade en stund senare och tog av sig masken var hon tillbaka i sin säng i seniorboendet. Var hon galen eller hade hon gjort en resa i sina tankar?

Rosalie kände sig lite frusen, förmodligen på grund av den kalla sterila miljön där hon vistades. Vid vissa tidpunkter på dagen sjönk temperaturen.

Vid de tillfällena märkte hon att de boende var på sina rum, medan deltagarna städade. Eftersom de arbetade hårt märkte de inte av kylan. Inte som de äldre gjorde som inte gjorde någonting.

BINGO.

Den nedersta lådan i hennes garderob öppnades och hennes mjuka och fluffiga röda tröja flög mot henne. Den stod stadigt medan hon stoppade in armarna i den. Hon gosade med den och kände dess värme när den knäppte igen sig själv.

"Det här är en ganska märklig händelse", sa hon.

Hon satt tyst och drömde om en varm kopp te med mycket socker och mjölk.

BINGO.

En tjusig tekanna med blommor på stod på ett bord i närheten. När teet hade dragit hälldes det upp i en matchande tekopp, med två sockerbitar och en skvätt mjölk.

"Tre sockerbitar, tack", frågade Rosalie.

En tredje sockerbit tillsattes.

Tekoppen på ett fat svävade mot henne.

"Vad sägs om en eller två mördegskakor?" frågade hon.

Den stannade i luften.

BINGO.

På fatet låg nu två mördegskakor.

"Du glömde en tesked!"

BINGO.

"Tack", sa hon och undrade fortfarande om hon hallucinerade eller höll på att bli galen.

Teet var varmt, men inte för varmt. Sött, men inte för sött. Och det passade utmärkt till mördegskakorna.

När hon hade druckit upp varenda droppe ur koppen....

BINGO

försvann den ur hennes hand.

Hon undrade hur länge dessa magiska trick, eller hennes fantasis trick, skulle fortsätta. Så länge de varade skulle hon njuta av dem till fullo.

"Vänta lite!"

Hon kom ihåg boken. Den som hon inte ville att någon skulle kunna läsa.

"Kan du", frågade hon i luften, "fixa så att den andra som kan läsa min bok." Hon sträckte sig in i lådan och höll upp den. "Så de enda som kan läsa den, förutom jag själv, är Lia, Alfred och E-Z. Ingen annan. Om någon annan hittar den och bläddrar igenom sidorna kommer de alla att vara tomma."

Hon väntade på ett tecken. Eller ett ljud, men inget kom.

Hon lade tillbaka boken i lådan, vände sig om och somnade om igen.

POP

POP

"Sover hon än?" frågade Hadz.

"Jag tror det. Hon snarkar!"

"Var försiktig så att du inte väcker henne. Men vi måste ta med henne ombord - jag menar officiellt."

"Ärkeänglarna gav henne krafter för att vaka över Lia, E-Z och Alfred. De känner till henne," påminde Reiki.

"Det är sant, och hon kommer att vara lojal mot dessa barn. Och de andra. Ärkeänglarna vet inga detaljer om dem - och jag tror att det är bättre så."

"Jag håller med. Så, vad behöver vi göra. För att det ska bli så?"

"Rosalie", viskade Hadz direkt i hennes vänstra öra. "Du vill väl hjälpa Lia, E-Z och Alfred, eller hur?"

"Ja", ropade Rosalie.

Reiki talade. "Och hur är det med de andra? Är du villig att skydda dem? Även från ärkeänglarna?"

"Ja", svarade Rosalie.

"Mycket bra", sa Reiki. "Nu ska vi ge hennes minne en boost. Vi vill ju inte att hon ska glömma vad hon har gått med på att göra, eller hur?"

Hadz och Reiki sjöng en sång,

"Minnen är vackra saker.

Som svävar omkring som rökringar.

Fram och tillbaka, fram och tillbaka

Låt Rosalies minnen hålla henne på rätt spår.

Magi, magi i luften och i havet

Binder vårt kontrakt med Rosalie."

POP

POP

Hadz och Reiki var borta, medan gamla kära Rosalie snarkade vidare.

KAPITEL 20
COUSINS

På morgonen, i England, medan vattenkokaren kokar gör sig John och Paul redo. Datorn var påslagen och sökmotorn var öppen.

"Jag gör i ordning teet", sa John.

"Jag börjar skriva", sa Paul och knappade in Ezekiel Dickens i sökfältet. "Åh", sa han. "Det var oväntat."

John kom med en bricka med te, sockerbitar i en skål, varmt rostat bröd med smör och en burk marmelad vid sidan om.

"Har du hittat något?" frågade han.

"Titta på det här", sa Paul, vände på skärmen och rörde ner sockerbitar i sitt te.

Det var The Three's Superhero-webbplats. De tittade på när E-Z presenterade sig, följt av Lia och Alfred.

"Är det här äkta?" frågade John. "De ser ut som tre karaktärer från Cartoon Network."

Sedan började återskapandet av räddningen i berg- och dalbanan. Paul tryckte på PAUSE. Han öppnade ett nytt fönster. Han skrev in Amusement Park Rescue E-Z Dickens. En tidning med en artikel om det dök upp. "Den är äkta", sa han.

"Så Charles släkting är en superhjälte?"

"Tycker du att vi ser likadana ut?" frågade Charles. Han halvsov fortfarande i den stora pyjamasen som de hade gett honom att sova i. Han tog en skiva rostat bröd från tallriken och bet i den.

"Ni har båda Dickens-näsor", sa John.

Charles tittade närmare på den pausade delen av skärmen.

"Baserat på när du föddes", sa Paul och googlade det, 1812 till nu, skulle E-Z vara din sjunde eller åttonde avlägsna kusin."

"Vad betyder en avlägsnad kusin?"

"Det betyder antalet generationer mellan er", säger John.

"Så min förfader är en superhjälte. Vad är en superhjälte? Är det som i Sir Gwain och den gröna riddaren?"

"Ah, jag minns att jag läste det i skolan när jag var liten, ja, riddare och superhjältar är lika", sa Paul.

John scrollade ner för att se om E-Z Dickens nämndes någon annanstans. Det fanns YouTube-klipp på honom när han spelade baseboll innan han hamnade i rullstol och efter.

"Han är en riktig idrottsman", säger John. "Och han utövar sin sport i rullstol."

"Spelet ser ut som Rounders", sa Charles.

"Åh vänta, här är något om hans föräldrar", sa Paul.

De läste dödsannonserna för E-Z:s föräldrar, om olyckan som hade tagit deras liv.

"Stackars pojke", sa Charles. "Han har åtminstone sin fars bror Sam som tar hand om honom nu."

"Varför ringer vi honom inte bara?" frågade Paul. Han öppnade sin telefon och ringde information.

Charles tittade på över axeln medan Paul talade in i den och en kvinnoröst svarade. "Jag behöver en kopp te", sa han.

John gick ut i köket för att hämta en kopp åt honom.

Under tiden bad Paul om numret till en Ezekiel Dickens i Nordamerika. När han slagit numret och telefonen började ringa satte Paul på högtalaren.

"Hej", sa Sam.

Charles tappade nästan sin tekopp.

"Uh, hej, jag heter Paul och jag ringer från London, England. Jag skulle vilja tala med Ezekiel Dickens, tack."

"Jag är hans farbror, får jag fråga vad det här handlar om?" Sam gick ner i hallen till E-Z:s rum.

De tre tittade på en film på den nya platt-tv:n. Sam tog upp fjärrkontrollen och tryckte på MUTE. Sedan satte han telefonen på högtalaren.

"För att vara ärlig är jag inte riktigt säker", sa Paul. "Det är inte jag som vill prata med honom, det är, ja, det är..."

"Jag." En ny röst tog över telefonen. En yngre persons röst.

"Och vem är du?" frågade Sam.

"Mitt namn är Charles Dickens."

Sam gav telefonen till sin brorson. "Han säger att han heter Charles Dickens."

"Jag sa ju att något konstigt skulle hända idag", sa Alfred.

"Jag också", sa Lia, "men jag visste inte att det skulle handla om Charles Dickens!"

E-Z tvekade innan han sa: "Det här är E-Z Dickens, eh, herr eh, Charles. Hur kan jag stå till tjänst?"

Charles skrattade. Det var ett nervöst skratt. Han visste inte vad han skulle säga. Han hade aldrig talat med någon som befann sig på andra sidan jorden förut.

"Jag kom tillbaka", sa han plötsligt. "För att hitta dig. John och Paul, mina vänner, är (han kupade sin hand över telefonen) - detektorister..."

E-Z hade inte hört termen detektorister förut.

"De använder apparater för att hitta saker", sa Alfred.

Paul tog över. "En sak landade i floden. Charles Dickens var i den. Två lampor, en grön och en gul, berättade för oss att Charles behövde komma i kontakt med E-Z Dickens."

"Vad för slags sak?" frågade E-Z. "Var det som en silo?"

"John här", sa en ny röst. "Nej, det var en kub. En spegelvänd kub."

E-Z kupade sin hand över telefonen, "Det låter inte som en sådan där silo."

"Har änglarna skickat dig?" Lia sa: "Jag är Lia förresten och den andra rösten du hörde var Alfred. Vi är här tillsammans med E-Z och Sam."

"Trevligt att träffa er alla", sa Charles.

"Hur gammal är du?" frågade E-Z.

"Ungefär tio, tror jag. Är det sant att vi är kusiner?"

"Ja", sa E-Z, "och farbror Sam är också din kusin."

"Vi är sammanlänkade genom tid och rum", sa Charles.

"E-Z är också författare", sa Sam.

E-Z krympte ihop och hans kinder kändes varma.

Sam armbågade tillbaka sin brorson till verkligheten.

"Det här är mycket att ta in, herr Dickens, eh, jag menar Charles. Vi måste planera för att få hit dig, antingen det eller så kan jag komma till dig. Kan du bo hos John och Paul ett tag så hör vi av oss igen när vi vet vad vi ska göra?"

Paul sa: "Ja, mamma säger att Charles inte är något problem alls. Han kan bo hos oss så länge han vill."

"Jag ringer upp dig", sa E-Z.

Telefonen kopplades bort.

"Förresten", sa Sam, "det fanns inget användbart på Ardens hårddisk. Annat än att bekräfta att de var online tillsammans och spelade ett skjutspel för flera spelare."

"Bra att veta", sa E-Z, så mycket hade han redan räknat ut själv.

KAPITEL 21
PLANEN OCH ROSALIE

SITT RUM DISKUTERADE E-Z, Lia och Alfred tillsammans med farbror Sam samtalet de haft.

"Jag kan inte fatta att den riktiga Charles Dickens ringde oss på telefon", sa Sam.

"Ja, men vad jag inte fattar är varför han är här. Och vad han kom hit för", sa E-Z. "Jag menar, han är tio år gammal - han tänker. Och hans färdsätt låter konstigt, en spegelvänd fyrkantig låda. Vad tusan är det för något?"

"Det låter inte som ett rymdskepp", sa Alfred, "inte för att vi vet hur ett skulle se ut."

"Vänta lite!" sa Lia.

E-Z tittade på henne. "Tänker du samma sak som jag?"

Hon nickade.

"VAD?" frågade Alfred.

"Kommer du ihåg när ärkeänglarna kallade på oss för att berätta att en av oss var tvungen att dö?" frågade Lia.

Alfred och E-Z nickade.

"Tänk på behållaren. Som om du är tillbaka i den igen och minns sakerna vi hittade. Papperen vi hittade?"

"Jag förstår vad du menar. Du menar den utomvärldsliga informationen. Om våra liv i alternativa dimensioner?" frågade E-Z.

"Exakt", sa Lia.

Alfred studsade upp och ner på sängen.

"Va?" frågade Sam. frågade Sam.

E-Z förklarade, så gott han kunde.

"Så, låt mig se om jag har förstått det här rätt", sa Sam. "Vi har alla liv som pågår, någon annanstans än här. Jag menar på jorden. Det finns andra versioner av oss själva, som lever andra liv än våra. I skilda tider, skilda rum, skilda dimensioner"

"Det stämmer", sa E-Z.

"Kan vi ändra våra liv då?" frågade Sam. "Jag menar, ändra utfallet? Kan vi hindra hemska saker från att hända?"

"Jag tror inte det", sa Lia. "Men jag vet inte hur mycket de vill att vi ska veta om de andra dimensionerna. Men från vad Eriel berättade för oss, är vi centrum. Allt annat som händer kretsar kring oss och de liv vi lever nu."

"Så", sa Alfred, "att Charles Dickens är här måste ha något att göra med Eriel och de andra."

"Ja, det är vad jag också tänker", sa E-Z. "Men varför just nu? Rättegångarna är avslutade. Det var deras val. Ändå verkar de inte kunna lämna mig ifred."

"Att ta tillbaka Charles Dickens. Och en tioårig version av honom dessutom! Det är helt obegripligt för mig", sa Lia.

"När vi träffar honom", sa Sam, "kanske allt blir begripligt."

"Inte om det involverar Eriel", sa E-Z. "Inget är alltid enkelt med honom."

"Det verkar som om en resa till London är vårt enda sätt att ta reda på det", sa Sam.

"Det känns som om jag inte var där för så länge sedan."

"Ja, det är lätt för dig att åka. Allt du behöver göra är att peka din stol i rätt riktning så är du iväg", sa Alfred.

"Men med mig är det mycket energi inblandat i allt det där flaxandet, och vinden är en faktor."

"Du skulle kunna hoppa på ett flygplan om Uncle Sam följde med dig", föreslog E-Z. "Allt du behöver göra är att sitta i ett säte med de andra passagerarna och njuta av resan."

Alfred hängde med huvudet.

"Jag säger det inte för att få dig att må dåligt. Jag vill bara påminna dig om att vi alla sitter i samma båt."

"Jag förstår det. Och tack för det."

"Okej, nu återgår vi till det vi håller på med", tillade E-Z. Han klickade av TV:n.

Lia stirrade framåt, som om hon var i trans. "Rosalie!" utbrast hon.

"Vem är det?" frågade Alfred.

Lia fortsatte att stirra ut i tomma intet.

"Är Lia okej?" frågade Sam. "Hon andas knappt."

Lia stod upp. "Jag har något att berätta för dig. Jag har träffat någon, inte personligen men i mitt huvud. Hon är i mitt huvud och jag har pratat med henne ganska länge. Hon bad mig att inte säga något - ännu. Jag tror att det här kan hänga ihop med Charles Dickens reinkarnationsgrej."

"Vi lyssnar", sa E-Z och lutade sig närmare.

"Hennes namn är Rosalie. Hon bor på ett äldreboende i Boston - och hon är ganska gammal. Hon har demens."

"Är det inte den som orsakar minnesförlust?" frågade Alfred.

Men så fort Rosalie hörde Lia nämna hennes namn förflyttades hon i sitt sinne och i sin kropp till E-Z:s rum. Hon svävade ovanför dem och lyssnade noga på varje ord som sades. Hon rensade halsen för att se om de kunde se eller höra henne - det kunde de inte. Hon önskade att hon hade tagit med sig sin anteckningsbok och penna.

BINGO.

Båda kom i hennes händer. Hon log och började anteckna.

"Du menar att ni två har kontakt - genom ESP?" frågade Alfred. "Jag trodde att jag var den enda som hade ESP?"

"Det är inte precis ESP tror jag inte. Inte på samma sätt som du har det."

"Hur så?" frågade Alfred.

"Rosalies minnen är borta. De flesta av dem i alla fall. Hon känner inte ens igen sin familj när de kommer för att besöka henne. De besöker henne inte ofta. Hon bryr sig inte eftersom hon inte gillar dem. Men på något sätt fick vi kontakt. Och hon visste allt om oss och våra krafter. Hon har tagit hand om oss, på sätt och vis."

"Varför berättar du det här för oss nu?" frågade E-Z.

"För att hon sa att det var okej. Och hon nämnde också det vita rummet. Hon har varit där inte en gång, utan två gånger. Första gången återvände hon säkert till sin säng - men inte den här gången. Hon säger att hon är där nu och att de inte låter henne gå hem."

"Som ni båda vet har jag varit i ett vitt rum", sa han. "Det var där ärkeänglarna först gav löften och berättade för mig att jag skulle få vara med mina föräldrar igen. I princip var det där de tog mig ombord med hjälp av prövningarna."

Sam fyllde i: "Eriel kidnappade mig till Vita rummet en gång. Det var trevligt nog, till en början i alla fall - tills han inte lät mig gå därifrån."

"Ja," sa E-Z, "Eriel är taktlös. Och det är en ganska cool plats. Man får allt man ber om genom att tänka på det - som magi. Och det finns böcker - böcker med vingar. Men jag vill inte gå in på för mycket detaljer här - låt oss fokusera på Rosalie. Vad är det som händer nu?"

Rosalie skrattade och tänkte att hon kanske skulle berätta för Lia att hon var på två ställen samtidigt? Nej, det skulle nog skrämma dem. Hon pratade med Lia i sitt huvud och berättade några vita lögner på vägen.

"Hon säger att hon låtsas sova. Hon minns två prickar, en grön och en gul som flöt framför hennes ögon."

"Hadz och Reiki," sa E-Z. "Säg åt henne att inte vara rädd för dem. De är de goda."

Ah, suckade Rosalie. Sedan insåg hon att det här kunde vara tillfället hon hade väntat på. Att berätta för De Tre om de andra. Hon tänkte efter noga och bestämde sig sedan för att det var dags att dela med sig av vad hon visste.

"Åh vänta, hon vill att jag ska berätta något för dig." Lia stirrade framåt när Rosalies röst strömmade ut mellan hennes läppar: "Det finns andra som du, jag har sett dem. Jag tror att det är därför jag är här."

"Andra, som vi?" Lia, Alfred och E-Z utbrast.

"Jag är inte säker på hur mycket jag ska berätta för dem om de andra barnen här i rummet. Har ni några råd till mig? Vad ska jag säga? Kommer de att göra mig illa? Om jag berättar för dem om de andra barnen - kommer de att skada dem?" sa Rosalie genom Lia.

"Över till dig, E-Z", sa Lia som sig själv.

"Lyssna på vad de har att säga först", sa E-Z. "De kommer att berätta vad de redan vet och sedan kan du bestämma hur mycket, om något mer, de behöver veta."

"Ett gott råd", sa Alfred. "Var alltid en god lyssnare. Särskilt när du hålls fången mot din vilja på en främmande plats."

Lia erbjöd: "Jag ska hålla killarna här uppdaterade, om du vill att vi ska hålla oss på linjen - så att säga."

Rosalie använde Lias mun som sin egen: "Jag måste behålla alla mina krafter ... så jag säger över och ut för tillfället. Tack till dig och gänget för hjälpen. Jag hör av mig om jag behöver dig medan jag är här. Annars berättar jag när jag är hemma igen, vilket blir snart eftersom jag missar middagen. Ikväll är det kalkon, potatismos och ärtor." Hon tvekade. "Och förresten, Lia, det är en fin topp du har på dig."

BINGO.

"Tack", sa Lia och tittade ner på sin t-shirt och undrade hur Rosalie visste vad hon hade på sig.

"Vadå?" frågade E-Z.

"Åh, ingenting", sa Lia.

Tillbaka i Vita rummet igen. Rosalie tänkte att hennes anteckningsbok skulle göra sig bättre i lådan på nattduksbordet.

BINGO

Och de var borta.

BINGO

Middagen kom. Hon hade ätit allt gott, men nu kunde hon bara tänka på en tjock jordgubbsshake.

BINGO.

En anlände och bredvid den en bit citronmarängpaj.

Det var då Eriel och Raphael anlände.

"Åh, åh", sa stegen när de svävade ner mot henne och såg ut som om de var klädda för Halloween.

"Drömmer jag? Eller är jag död?" frågade Rosalie.

"Ingetdera", svarade ärkeänglarna.

KAPITEL 22
MÖTE OCH HÄLSNING

"Fortsätt ni bara och ät upp", sade Raphael.

"Ja, vi har inget bättre för oss", sade Eriel.

Medan de såg på när hon åt hade Rosalie svårt att tugga. Svårt att smaka. Och det verkade kallare. Hon kastade en blick på bokhyllorna, på stegen. Hon hade en känsla av att de här två främlingarna inte hade något bra för sig när hon lade ifrån sig kniv och gaffel.

"Först och främst", började Eriel, "måste det här samtalet stanna mellan oss och bara oss."

I sitt sinne talade hon till Lia. "Är du där, barn? Lyssnar du?"

"...utplåning."

"Jag är ledsen," sa Rosalie, "men kan du börja om igen, jag menar från början? Jag är gammal och jag tappade bort vad du berättade för mig."

Eriel väste. Som en liten pojke som blivit utskälld öppnade han sina vingar och flög iväg. När han närmade sig toppen av biblioteket korsade han armarna och väntade. Väntade på att Raphael skulle ge det en chans.

Raphael lutade sig närmare Rosalie.

"Dina glasögon är verkligen snygga", sa Rosalie. "Men de får mig att känna mig lite sjösjuk med allt blod som pulserar och flyter omkring där inne."

Eriel skrattade.

Raphael tog av sig glasögonen och stoppade dem i fickorna på sin svarta rock.

"Kära Rosalie", ropar Raphael, "du får ursäkta min lärde väns oförskämdhet, men vi befinner oss i en situation här. En situation där vi inte bara behöver din hjälp, utan även hjälp från E-Z, Lia, Alfred och de andra. Du vet väl vilka jag syftar på när jag nämner de andra?"

Rosalie nickade utan att säga något.

"Vi är ett team av ärkeänglar och våra krafter är begränsade. Det som händer över hela världen händer med själar."

"Du menar, när människor dör?" frågade Rosalie.

"Exakt."

"Men är inte det mer din domän än vår? Du har talat med Gud - han känner dig, eller hur? Och om du försöker avhjälpa en svår situation, varför inte fråga honom direkt?"

Eftersom Raphael och Eriel inte sa något fortsatte Rosalie.

"Vad jag förstår begravs en person när han eller hon har dött. Eller kremeras. Deras själar - om de existerar - lever vidare på en annan plats."

På några sekunder var Eriel uppe i ansiktet på henne och morrade. "Det stämmer inte.

Raphael knuffade undan honom. "Det är mer komplicerat än du tror. För komplicerat för de flesta människor att förstå."

"Människor är ganska smarta", sa Rosalie. "Vi har varit på månen, uppfunnit flygplanet, internet, eld. Jag är inget geni, och ändå tog du hit mig för att övertyga mig."

Eriel skrattade igen.

Den här gången kunde Raphael inte låta bli och skrattade också.

Och skrattade. Och skrattade.

Ingen av dem kunde hejda sig.

Rosalie ignorerade dem. Ignorerade vad som hände runt omkring henne. Stegen som kastade sig fram och tillbaka, fram och tillbaka. Böckerna som poppade ut och sedan in igen. Det var ett sådant oväsen. Så bullrigt. Hon längtade efter tystnaden i sitt rum igen.

Anne på Grönkulla, tänkte hon.

BINGO.

Boken var i hennes händer. Hon öppnade den, hittade ett bokmärke och läste. Om de behövde hennes hjälp skulle de få jobba för det. Nu när de hade förolämpat henne och hela den mänskliga rasen tänkte hon inte göra det lätt för dem.

"Bra gjort", viskade Lia i Rosalies sinne. "Det är du som bestämmer. Och jag är här med E-Z och Alfred och vi stöttar dig."

Raphael och Eriel skrattade fortfarande. Helt utom kontroll. De studsade mot varandra i luften, som ballonger som sitter fast i varandra.

Sedan kom hon ihåg att hennes citronmarängpaj inte hade ätits upp än. Hon lade boken åt sidan, tryckte in gaffeln i pajen och tog en tugga. Den var perfekt. Inte för söt eller för syrlig, precis som hennes mamma brukade göra den. Hon tog ytterligare en tugga.

Ovanför henne var Eriel och Raphael hysteriska.

"Sluta!" ropade Rosalie. "Ni två är de mest oförskämda, de mest motbjudande saker jag någonsin har träffat. Och jag har träffat en del ganska otrevliga människor i mina dagar." Hon lade ner sin gaffel. "Fick du inte lära dig något hyfs? Något hyfs överhuvudtaget?" Hon plockade upp sin gaffel och pekade den i deras riktning.

Eriel flög ner. Han var på Rosalie med munnen öppen på några sekunder. Hon stack ner gaffeln i citronmassan och stack sedan in den i ärkeängelns mun.

"Ewwwwww!" skrek han. Han spottade ut den som om hon hade gett honom arsenik.

"Mamma lärde mig alltid att dela med mig", sa hon med ett flin.

Eriels blekhet skiftade från svart till grönt. Efter att ha kräkts försvann han genom väggen.

"Jag antar att han inte är ett pajfan?" sa Rosalie.

Lia skrattade i Rosalies sinne.

Raphael tog fram sina glasögon ur rockens fickor, rengjorde dem och satte tillbaka dem på sitt ansikte. Hon satte sig bredvid Rosalie. Hon var så nära att hon nästan satt i hennes knä.

Stackars Rosalie.

"VI VET ATT DET FINNS ANDRA OCH VI MÅSTE FÅ VETA VILKA DE ÄR OCH VAR DE ÄR - NU!"

Medan hon talade förvreds Raphaels ansikte till oigenkännlighet.

Rosalies hår stod på ända. Hennes kropp skakade.

"Ohyfsade människor får aldrig vad de ber om och du, min kära, är mycket ohyfsad. Och det är din vän också", viskade Rosalie.

Rosalie återvände till det jag hon hade varit tidigare.

Men den här gången hade ärkeängelns tonfall förändrats. Och hennes röst var sirapsaktig när hon sa,

"Jag ska gå igenom den där väggen och ansluta mig till Eriel. Om fem minuter återvänder vi och börjar om igen. Vi behöver din hjälp - du har rätt - och vi ber inte om den på det sätt vi borde." Sedan till kvinnan i väggen: "Ställ in timern på fem minuter." Sedan tillbaka till Rosalie: "När timern ljuder återvänder vi och börjar om igen." Som utlovat rörde sig Raphael mot väggen och försvann genom den.

Klockan i väggen tickade högt. Den verkade malplacerad. Till och med för högljudd för biblioteket.

"Det är väldigt irriterande!" sa stegen och gick närmare.

"Jag är ledsen för all uppståndelse", sa Rosalie. "Att jag är här har bara orsakat kaos."

"Vi gillar dig", sa stegen. "Varför flyttar du inte runt lite? Det får dig att må bättre."

Rosalie reste sig och förväntade sig att känna sig trött efter att ha ätit en så stor måltid. Istället kände hon sig pigg. Särskilt hennes ben. De kändes som om hon var tio år gammal igen. Hon gjorde en jumping jack. Så roligt!

"Och nu", sa Rosalie, "till hennes nästa trick. Gammelmormor ska försöka sig på inte en, inte två, utan tre hjulningar i rad" - vilket hon gjorde. "Tack, tack!" sa hon och bugade och vinkade som om hon hade vunnit en guldmedalj i OS.

BRRRIIIING.

Timern gick ut. Eriel och Raphael anlände.

Ärkeänglarna var klädda på olika sätt. Som om de skulle gå på två olika fester.

Eriel bar en mörk nålrandig kostym, vit skjorta och slips.

Raphael bar en röd Mumu-liknande klänning som täckte hennes kropp helt från halsen till tårna.

"Jag känner mig underklädd", sa Rosalie.

BINGO.

Nu hade hon på sig sin finaste klänning. Det var den hon hade sagt att hon ville ha på sig efter sin död.

Hon föll ner i stolen med blicken riktad uppåt. Och ärkeänglarna svävade mot henne. Deras vingar rörde sig, som fjärilsvingar, medan de närmade sig henne med grace och skönhet. Hennes ögon vällde upp.

"Hur kan jag hjälpa er, kära ni?" frågade Rosalie.

Det var som om de hade en makt över henne nu, en makt som hon inte ville övervinna. Hon föll till golvet och knäböjde nu framför de två ärkeänglarna. Raphael rörde vid hennes högra axel och Eriel rörde vid hennes vänstra axel.

"Berätta för oss vad vi behöver veta", ropade de.

"De andra är utspridda", sade hon, sedan föll hon till golvet som en marionett utan trådar.

"Hon är för gammal för det här", sade Eriel. "Om hon dör kommer hon inte att vara till någon nytta för oss."

"Fortsätt, det fungerar."

POP.

POP.

Hadz och Reiki dök upp och viskade i Rosalies öron. De hjälpte henne upp på fötter.

"Försvinn härifrån era två inkräktare!" ropade Eriel med en explosiv röst,

Rosalie vaknade ur den trans de försatt henne i.

"Försvinn!" Raphael utbrast och det blev inget POP, istället hördes ett enda

SPLAT.

Rosalie satte händerna på höfterna, "Jag hoppas att du inte skadade de två älsklingarna. Om du vill att jag ska överväga att hjälpa dig, så borde du ta med dem tillbaka hit NU så att jag kan se att de är okej. Jag vägrar att säga något mer till dig förrän du kommer tillbaka med dem." Hon gick tvärs över rummet, satte sig med ryggen mot den vita väggen, blundade och väntade. Hon hade hela dagen på sig, hela veckan, hela året. Hon hade inte bråttom att vara någonstans eller att göra något.

POP.

POP.

"Tack", sa Hadz och Reiki när de satte sig på Rosalies axlar.

"Vi ställer till det här", sa Raphael. Sedan till Hadz och Reiki: "Ni vet vilken situation jorden befinner sig i, kan ni hjälpa oss att få hjälp av den här människan?"

Reiki sa: "Vi vet att det finns en situation! Om du inte hade brutit avtalet med E-Z, Lia och Alfred hade de redan varit ombord. Rosalie litar inte på någon av er."

Hadz sa: "Och du har inte varit ärlig mot henne."

Hadz sa: "Med människor är tillit och ärlighet allt."

Eriel rusade mot dem.

Raphael höll honom tillbaka innan hon sa: "Ett misstag har begåtts från vår sida och detta misstag har orsak och verkan. Vi försöker rädda jorden från oavsiktlig skada. Det enda sättet vi kan göra det på är att kalla på dem som har fått krafter, övernaturliga krafter, superhjältekrafter. Utan dem kommer mänskligheten att misslyckas - och det kommer att vara vårt fel."

Rosalie ställde sig upp. Hon kastade en blick på de två små varelserna som satt på var sin axel. "Kan jag lita på de här två?"

"Raphael är pålitlig", sa Hadz.

"Men vi är inte säkra på honom", sa Reiki.

POP.

POP.

Båda försvann, i rädsla för att bli skickade tillbaka till gruvorna av Eriel.

Eriel steg, högre och högre, och försvann sedan genom taket.

Rosalie bytte ämne. "Medan jag funderar på saken, kan du förklara vad det här är för ställe? Jag kallar det Det vita rummet, men är det rätt namn - och varför är det så att när jag önskar mig något så dyker det upp? Kanske heter det Magiska rummet?" I det ögonblicket tänkte Rosalie på E-Z, ängeln/pojken i rullstolen.

ACK.

E-Z anlände.

"Whoa!" sa han och insåg att han hade gjort Rosalie sällskap i Vita rummet. Han tänkte på sina solglasögon och

PRESTO

De satt på hans ansikte. Han gick runt i rummet och fick en ny känsla av sina ben och golvet. Sedan sträckte han fram handen och sa: "Du måste vara Rosalie."

"Och du måste vara E-Z", sa hon, "utan din rullstol. Den här platsen är verkligen magisk!"

"Och hej, Raphael."

"Välkommen, E-Z", sa Raphael. Sedan till Rosalie: "Så mycket för diskretion - det här var tänkt att vara konfidentiellt."

"Vilka löften hon än ger dig så kommer hon att bryta dem. Hon är värdelös på att hålla sitt ord - och Eriel är ännu värre liksom Ophaniel - och du har inte ens träffat henne än. Ändå låter hon dig veta att de alla är ett gäng lögnare."

"Det räknade jag ut", medgav Rosalie. "Och han stack, Eriel betedde sig som ett bortskämt barn."

"Det skulle jag gärna ha velat se", sa E-Z. "Det låter väldigt o-Eriel-aktigt, men det hade varit en fantastisk sak att se."

"Nog med dessa hjärtliga ord", sa Raphael. "Jag har väl inget annat val än att förklara situationen för er också." Hon stampade med fötterna och hennes vingar föll ner på sidorna i ett surmulet tonfall. Hon vände sig mot E-Z och Rosalie. "Världen behöver räddas, på grund av ett misstag från vår sida. Vill du och de andra hjälpa oss att rätta till situationen - jag menar att rädda jorden, eller inte?"

Rosalie och E-Z utbytte blickar.

"Varsågod", sade hon. "Jag är med på vad ni än beslutar."

E-Z svarade inte omedelbart.

"Om du berättar allt för mig så förmedlar jag det till de andra, och så röstar vi. Vi är en demokratisk grupp."

"Hur lång tid tar DET?" skrockade Raphael. "Och hur kommer du att återkomma till mig? Ska jag kanske hålla Rosalie fången här tills du har kommit på det? Kommer tjugofyra timmar att räcka?"

Rosalie sa: "Jag har inget emot att stanna i det här rummet. Det finns massor av böcker att läsa och jag kan beställa vad jag vill. Mycket mer intressant och spännande än att vara i hemmet."

E-Z nickade. Till Rosalie sa han: "Tack och du har rätt i att det här rummet är ganska speciellt. Du kommer att vara säker här." Sedan till Raphael: "Rosalie kommer inte att vara din fånge, hon kommer faktiskt att vara din gäst." En bok flög ner från hyllan och landade i hans hand. Det var Harry Potter och Hemligheternas kammare.

"Den skulle jag vilja läsa", sa Rosalie. Boken lämnade E-Z:s hand och flög mot Rosalie. Hon fångade den och öppnade den och började genast läsa.

"Rosalie kommer att vara vår gäst", sa Raphael. "Tjugofyra timmar då?"

"Tjugofyra timmar", instämde E-Z.

"Vänta!" skrek en röst. En röst utan kropp. En röst som ekade och ekade. Tills en bok lossnade från en hylla ovanför. Den störtade mot golvet, tills dess vingar bröt fram och räddade den från att bryta ryggen.

Raphael såg förvånad ut över rösten. Hon försökte dra sig tillbaka, men något höll henne tillbaka.

Rosalie och E-Z väntade och lyssnade.

"Raphael har inte berättat allt för dig", sa den dånande rösten.

Det var som om luften vibrerade med varje stavelse, men på ett bra, snällt och försiktigt sätt, inte på ett skrämmande sätt.

"Berätta för oss", sa E-Z.

"Lite tystare," föreslog Rosalie. "Jag är gammal, men inte döv vet du!"

"Förlåt", sa rösten. Han rensade halsen. Sedan viskade han: "E-Z Dickens, kommer du ihåg de val vi gav dig? De två valen?"

E-Z kom ihåg dem tillräckligt väl. Ett var att stanna kvar i silon för alltid. Minnena av hans familj på loop. Det andra var att återvända till sitt liv med Uncle Sam.

"Ja."

"Berätta vad du minns om valen?" frågade rösten.

"De sa att jag kunde stanna kvar i behållaren och återuppleva minnena av min familj i loop eller återvända till mitt liv med Uncle Sam."

"Och själsfångaren? Vad är det med den?"

"Ingenting", medgav E-Z med en axelryckning.

Rösten brölade - som om det gjorde ont för den att tala nu. Hyllorna skakade och saker hoppade slumpmässigt in och ut i luften. Först var det en gigantisk gurka. Det gröna föremålet snurrade medurs, sedan moturs och försvann sedan.

Därefter dyker en spegelkula upp ovanför dem. Den ändrade färg medan den snurrade. När den snurrade alldeles för snabbt var de rädda att den skulle störta ner på dem. De tog skydd, men innan de hann dit försvann bollen.

Därefter dök huvudet av en clown upp. Det svävade framför dem och sa: "Vad är svart och vitt och svart och vitt, och svart och vitt och svart och vitt."

"Nu räcker det!" dundrade rösten.

"Jag är ledsen", sa Raphael.

"Det borde du vara!" skakade den första rösten. Sedan sa han tystare, mer försiktigt, mjukt: "E-Z och hans team måste få veta om själsfångarna - allt. Annars kommer de inte att förstå hur komplicerat intrånget är."

Rösten pausade i några sekunder och fortsatte sedan: "En själsfångare fångar själar när en mänsklig kropp dör. Det är en oändlig viloplats. Alla människor och alla varelser har kärl att gå till. Det du kallade en silo är en själsfångare. En viloplats för all evighet."

"Okej", sa E-Z. "Så, vad har det här att göra med världens undergång?"

"Jag vill se min själsfångare", sa Rosalie.

"Om du och dina vänner inte GÖR NÅGONTING kommer ingen att ha en själsfångare. När din kropp dör, DÖR du. Så är det bara. Slut på det. Din själ och alla andras själar kommer inte att ha någonstans att ta vägen och när en själ inte har någonstans att ta vägen finns det inget syfte. Ingen anledning för den att existera längre. Och utan själar är människor bara köttdräkter."

"Vänta lite," sa E-Z. "Menar du att den person som är ansvarig för Soul Catchers. Vad du än kallar dem - VD, president, du fattar poängen. Menar du att de har blivit komprometterade?"

Raphael öppnade munnen för att svara men E-Z hade inte talat färdigt än.

"Hur fungerar hela den här själsfångargrejen egentligen? Jag har kallats till min vid flera tillfällen, och jag är inte ens DÖD. Menar du att de här, vad de nu är, kan tvinga in mig i min själsfångare när de vill?" Han tvekade: "Och vad vet du om Charles Dickens? Han anlände i en speglad behållare, så inte en själsfångare. Hur tog sig hans själ från en plats till en annan? Beror hans återuppståndelse på er ärkeänglar?"

Raphael väntade för att se om han hade fler frågor.

Det hade han.

"Och hur är det med mina två bästa vänner PJ och Arden. Hur passar de in? De är båda i koma. Jag vill återuppliva dem. Kommer det att hjälpa dem att hjälpa dig?"

Rösten i väggen dundrade till svar.

"Ingen driver Soul Catchers. Det är inte som ett företag med vinstsyfte. När någon dör fångas deras själ, och den lever i den tilldelade själsfångaren."

"Jag fattar inte", sa E-Z. Sedan, "Vänta lite, har någon eller något hi-jackat Själsfångarna? Och om svaret är ja, då kommer jag definitivt att behöva mer information om vilka de är innan vi blir inblandade. Om ni ärkeänglar inte kan besegra dem, hur ska då vi kunna göra det?"

Rösten i väggen sa till Raphael: "Eriel hade fel när han sa att den här pojken är tjock som en tegelsten. Han har det, på en gång. Bra gjort, E-Z."

"Tack, tror jag", sa han. "Men vad exakt gjorde jag rätt?"

Rösten fortsatte. "Tre gudinnor har verkligen kapat själafångarna."

E-Z öppnade munnen för att säga något, men innan han kunde det talade rösten igen.

"Charles Dickens anlände inte i en själafångare, som du misstänkte. Blodssläktingar har krafter över tid och rum. Du kallade på honom. Han kom för att hjälpa dig."

"Jag kallade inte på honom!" sa E-Z.

"Och ändå är han tillbaka och han visste ditt namn och ville hjälpa dig, stämmer det?"

E-Z nickade.

"Och på din sista fråga, ja, dina vänners liv är i fara på grund av de tre gudinnorna."

"Gudinnor?" E-Z upprepade. "Som i grekisk mytologi? Finns de på riktigt? Jag trodde att alla dessa berättelser var fiktion."

"De är baserade på historiska fakta", sa Raphael.

"Vi kan inte gå upp mot ett lag av mytologiska gudinnor!" utbrast E-Z. "Vi är bara barn."

"Riskerna är mycket större om ni inte gör det eftersom vi inte har någon annan att be om hjälp. Det finns ingen Batman, ingen Spiderman, inga verkliga superhjältar. De enda hjältarna är ni barn, kan ni? Kommer ni att hjälpa till? Vi vet hur vi ska lösa det här problemet, vi behöver kroppar, människor på marken. Människor med krafter kan vinna. Ni kan besegra den här saken. De här sakerna. För en sak, ni kan SE DEM. Det kan inte vi", sa Raphael.

"Jag vet att ni behöver hjälp, men jag kan inte se hur vi ska kunna rädda dagen - inte mot mäktiga gudinnor. Ja, vi har krafter, men vad exakt är det vi står inför? Vad kommer att förväntas av oss? Vilka är farorna för oss? Jag menar, du är redan död - det är inte vi. Om vi hjälper till - vilka är riskerna?"

Han tvekade, och när ingen sa något fortsatte han.

"Om vi går med på det, kan du skydda min farbror Sam, hans fru Samantha och barnen? Kan du se till att PJ och Arden inte hamnar döda i Soul Catchers? Och vad får vi ut av det? Vi skulle ju trots allt riskera våra liv. Ni är inte mänskliga så ni har inget att förlora!"

Rosalie inflikade: "E-Z jag ser inte att du har något val. Du har rätt, det kommer att finnas risker och jag är inte död än - men jag är gammal - så risken för mig är inte så stor. Dessutom gillar jag tanken på att när mitt liv tar slut kommer det att finnas en själafångare som väntar på mig."

E-Z nickade. "Det förstår jag. Tanken på att mina föräldrar flyter omkring. Ensamma. Hemlösa. Utan själafångare. Men det gör mig sjuk. Det gör mig så arg att jag vill spotta. Men jag måste fortfarande prata med de andra", upprepade E-Z och korsade sina ben. Det kändes så bra att kunna göra enkla saker som att korsa benen.

Du håller på att bli en riktig talare, sa Lia till honom i hans huvud.

"Uh, tack," svarade han.

"Som du var då", sa rösten. "Tjugofyra timmar. Under tiden stannar Rosalie här hos oss."

"Som din gäst", betonade E-Z.

"Jag klarar mig", sa Rosalie. "Och jag ska hålla kontakten genom att chatta med Lia. Lia och jag älskar att prata."

Han nickade. Med Lia, via Lia. E-Z var inte säker på vad de visste och vad de inte visste - men han tänkte inte ge dem något som de inte redan hade.

"Vi ses snart igen", sa han och vinkade adjö.

Sedan var han tillbaka i sin rullstol igen. Han stod ansikte mot ansikte med sina vänner. Men hur skulle han kunna berätta för dem? Hur skulle han kunna förklara?

Till slut bestämde han sig för att det bästa var att berätta allt. Och det var precis vad han gjorde.

KAPITEL 23
FÖRÄNDRINGAR

Ä VEN OM E-Z:S NYHETER inte var vad de hade förväntat sig att höra, hade både Alfred och Lia mycket att säga som svar.

"De är inte lite fräcka!" utbrast Alfred. "Efter vad de gjorde mot oss. Jag menar att ge löften och sedan bryta dem och ändra spelplanen. Jag för min del litar inte på någon av dem så långt jag kan kasta dem."

"Det här är enormt, och det involverar våra nära och kära som har dött", sa E-Z.

"Hur så?" Frågade Sam.

"Jag vet inte detaljerna. Allt jag vet är att det handlar om tre onda gudinnor vars plan är att kapa och kontrollera alla själafångare."

"Det är ju helt galet!" sa Lia. "Varför skulle de vilja ha dem? Varför göra sig allt det besväret? Vad får de ut av det?"

"Vänta lite," sa E-Z. "Jag ska berätta allt de berättade för mig. Tänk på att de inte heller vet säkert.

"Hur som helst, här kommer det. De är mytologiska gudinnor, som har förts tillbaka. Deras mål är att kontrollera själafångarna - med alla medel.

"Och sättet de har valt att göra det på är att döda människor. Människor som inte var menade att dö! Och sedan sätter de dem i själsfångare som de har kapat. Från människor som behöver dem. Så deras själar har ingenstans att ta vägen."

"Jag fattar fortfarande inte", sa Lia.

"Tänk på det så här. Lia, du, Alfred och jag har redan varit i våra själafångare. Få tillåts vara där innan de är döda. Jag menar, vem skulle vilja vara det?"

"Instämmer", sa Alfred.

"Ditto", sa Lia.

"Men tänk om jag berättade för dig just nu att din själsfångare har fyllts av någon annan - och att den därför inte längre är din?"

"Människor känner inte ens till själsfångare!" utbrast Alfred. "De flesta tror att deras själar ska till himlen (eller om de är onda till det heta stället.) Om de visste det skulle de vara upprörda över det. Men det gör de inte."

"Ja, man kan inte sakna något man inte vet något om", sa Sam. "Inte heller kan man kämpa för något man inte vet om."

"De berättade för mig att mina föräldrars själar kan flyta omkring just nu, hemlösa. Det tog hårt på mig."

"Det var precis därför de berättade det för dig!" sa Sam. "Det är ren och skär manipulation."

"Nej, det är känslomässig utpressning", sa Alfred. "Men jag förstår varför de sa det. Om de berättade samma sak för mig om min familj, skulle jag vilja bli inblandad. Jag vill slåss mot de här gudinnorna. Om jag var ett brushuvud skulle jag agera omedelbart baserat på mina känslor. Men vi måste vara logiska här. Vi måste hålla huvudet kallt."

"Vilka är de här gudinnorna egentligen? Vad vet vi om dem?" frågade Lia.

"Och är vi säkra på att ärkeänglarna är på rätt sida i det här?" frågade Sam.

"De sa att ett fel från deras sida orsakade att detta inträffade - men de berättade inte för mig exakt hur det hände eller varför. Och de var inte på humör för att bli pressade på information - mer än vad jag redan kunde få ut av dem. Dessutom har de Rosalie och vår tid för att fatta ett beslut håller på att rinna ut."

"Exakt", sa Lia. "Och ändå, hur kan vi fatta beslut när vi inte ens vet vad vi har att göra med? De vet att vi är barn. Ja, vi har alla unika krafter - men är de tillräckliga? Om ärkeänglarna inte kan hantera den här situationen själva... varför vet de att vi kan?"

"Det kan jag inte säga. Jag pressade dem att berätta mer för mig. Om det inte vore för rösten i väggen - skulle de inte ha berättat så mycket som jag fick veta."

"Hur vågar de undanhålla information från oss!" utbrast Alfred.

"Jag har förklarat vad jag vet. Det finns tre av dem. De är gudinnor - mytologiska varelser som jag trodde inte fanns på riktigt."

"Vi kan ta reda på allt vi behöver veta för att beväpna oss mot dem på nätet", sa Sam. "Men det kommer att ta lite tid." Han tvekade. "Men jag tror inte att vi kommer att ha mycket tur när vi söker efter information om Soul Catchers."

"Jag har redan försökt och kunde inte hitta något."

"När hörde du talas om dem första gången?" frågade Sam.

"Rösten i väggen antydde att jag hade hört talas om dem tidigare, men varje gång jag försöker minnas är det som om en vägg blockerar informationen."

"Whoa! Exakt samma sak händer mig", sa Lia. "Det är så konstigt."

E-Z tittade på klockan på sin telefon. "Tja, jag har gett er alla mycket att tänka på. Vi har till morgonen på oss att fatta ett definitivt beslut...men jag tror inte att vi har något annat val än att gå med på att hjälpa dem. Jag menar, om vi inte gör det, vem då?"

"Jag tänkte samma sak", sa Alfred. "Men jag gillar fortfarande inte hur de har gått tillväga."

"Inte jag heller", sa Lia. "Jag går och lägger mig. God natt allihop. Vi ses i morgon bitti." Hon stängde dörren bakom sig.

"Är det något du behöver?" frågade Sam.

"Nej, det är bra. God natt farbror Sam."

"God natt E-Z. Jag måste berätta hur stolt jag är över dig och hur stolta dina föräldrar skulle vara."

"Tack."

"Och god natt Alfred", sa Sam när han öppnade dörren.

"God natt", sa Alfred, sedan lade han huvudet under sin vinge och somnade.

E-Z, som inte kunde sova, stirrade upp i taket med händerna bakom huvudet. Han gjorde några sit-ups och vände sig sedan om på sidan i hopp om att kunna somna. Istället såg han två ljus, ett grönt och ett gult, som flöt mot honom.

"Är du vaken?" frågade Hadz.

"Nej", sa E-Z med ett flin när han satte sig upp.

"Det är inte meningen att vi ska prata med dig", sa Reiki, "men vi måste prata med dig, så du måste gissa vad det är vi inte ska berätta för dig."

"Gissa? Menar du allvar? Kan ni ge mig en ledtråd... ni vet, begränsa fältet för mig, om så bara lite?"

De blivande änglarna viskade till varandra. De verkade inte hålla med, eftersom Hadz flög till ena sidan av rummet och Reiki till den andra.

"K, nu ska jag sova. När du kommer på det kan du berätta det för mig på morgonen."

Han nickade till och vaknade sedan. Han satt i sin stol och svävade över himlen. Han spände fast säkerhetsbältet. "Vad i?"

"Vi bestämde oss för att vi inte kunde begränsa fältet åt dig. Eller berätta vad du behöver veta. För att fatta ett välgrundat beslut... Att vi skulle VISA DIG istället. Så följ oss."

När molnen drog förbi och den rena men svala nattluften fyllde hans lungor kände sig E-Z mer levande än han hade gjort på ett tag. På sätt och vis saknade han att bli kallad till prövningarna för att hjälpa och rädda människor som var i knipa.

Ända sedan han slutade arbeta med Eriel hade han inte känt sig som någon superhjälte. Visst, han hade räddat en katt som hade fastnat i ett träd. Och han hade hindrat en baseboll från att krossa ett värdefullt kyrkfönster i färgat glas.

Men det mesta av hans dagliga liv gick ut på att tänka på framtiden. Han planerade att gå ut high school med bästa möjliga förutsättningar att få ett stipendium. Till det bästa college eller universitet han kunde komma in på.

Farbror Sam och Samantha planerade för det nya barnet. De höll hemligt om barnet skulle bli en pojke eller flicka, och ingen fick komma in i barnets nya rum. E-Z tyckte att det var konstigt att vara femton år och snart bli farbror, men han såg fram emot det.

Och Lia, hon klarade sig bra i skolan och passade in trots att hon hade gått från sju till tolv år i två hopp under en relativt kort tidsperiod. Det som gjorde henne äldre verkade ha upphört och nu verkade det som om hon var förälskad i PJ. Hon höll definitivt på att växa upp och han log när han tänkte på hur bossig hon hade blivit. Det påminde honom om Lilla Dorrit, enhörningen. De hade inte sett henne sedan prövningarna. Kanske hade ärkeänglarna skickat henne för att hjälpa Lia när de alla var sammankopplade. Sedan var det hans kusin Charles Dickens ankomst. Och PJ och Arden hade fastnat i koma - och ingen visste hur de skulle ta sig ur den. Alfred höll sig sysselsatt i huset. Sedan han kom hade farbror Sam inte behövt klippa gräset lika ofta.

Han mindes de två rättegångarna igen som han hade hittat likheter i. Den med flickan som var utklädd till en karaktär i ett multispel. Den andra med pojken som hade blivit tillsagd att döda E-Z för att rädda sin familjs liv. De var sammankopplade. Eriel hade rätt. Han var bara tvungen att ta reda på exakt vad det betydde.

"Är vi nästan framme än?" frågade han och märkte hur kallt det hade blivit. De rörde sig snabbt och närmade sig Death Valley National Park i Mojaveöknen. Det var december, en av årets kallaste månader för öknen på natten, och han önskade att han hade tagit med sig sin huvtröja. Det var så mörkt att stjärnorna såg en miljon gånger ljusare ut. Som ögon i skyn med knappt ett fingers avstånd mellan dem, eller så verkade det.

Änglarna i träning svarade inte. De sjönk några meter och fortsatte sedan att flyga framåt i full fart.

"Toppen!" sa han. "Låt mig veta när vi ska landa. Jag önskar verkligen att jag hade en resebyrå som kunde berätta för mig vad det är jag ser."

"Använd din telefon", viskade Lia och Alfred. Sedan var de tysta.

De flög vidare över Badwater Basin, den lägsta punkten i Nordamerika. Den har fått sitt namn eftersom vattnet är dåligt - alltså odrickbart på grund av för mycket salter. Men en del vilda djur och växter kan frodas i området, t.ex. pickleweed, insekter och sniglar.

De åkte djupare in i Death Valley, medan E-Z tog in terrängen och försökte att inte tänka på hur törstig han var.

"Är vi framme än?" frågade han igen när en svart fågel flög över hans huvud och släppte en massa bajs innan den fortsatte sin väg. "Välkommen till Death Valley", sa han och torkade bort det med baksidan av ärmen. Han skyndade vidare för att hinna ifatt Hadz och Reiki.

KAPITEL 24
DÖDSDALEN

"**S**KYNDA PÅ!" SA HADZ och Reiki. "Vi är nästan framme vid Rhyolite."

Han knuffade på och kom ifatt dem. "Och vad exakt finns i Rhyolite?"

"En liten bakgrund," sa Hadz. "Om du inte redan har hört talas om det?"

E-Z skakade på huvudet. Han hade lärt sig om Grand Canyon i skolan, mest om hur den bildades.

Hadz fortsatte: "Rhyolite var en gång en blomstrande stad under guldrushen 1904. Det varade dock inte länge, 1924 dog den sista invånaren och staden förvandlades till en spökstad."

"Vad betyder ordet Rhyolite?"

Reiki svarade: "Det är en sur vulkanisk bergart - lavaformen av granit. Den namngavs av geologen Ferdinand von Richthofen år 1860. Dess ursprung är grekiskt, från ordet rhyax som betyder en ström av lava."

"Så staden hade en stor guldrush och de döpte den efter en vulkanisk sten?" Han tvekade. "Jag tror att jag minns något från lektionen om vulkanisk aktivitet."

"Det stämmer", sa Hadz. "De dateras tillbaka till två miljoner år sedan."

"Så, den här lektionen är intressant och allt - men jag har fortfarande ingen aning om varför vi är på väg till Rhyolite."

Reiki sa: "För att det är högkvarteret för avfällingarna."

"De som tävlar om kontrollen över själsfångarna."

"Vilka är de egentligen, och hur kan vi stoppa dem? Med vi - menar jag oss, De Tre. Eftersom Eriel och Raphael håller Rosalie och förresten, tiden rinner ut. De gav oss bara tjugofyra timmar att komma tillbaka till dem."

"Shhh," sa Hadz. "De har en utomordentlig hörsel och vinden kan föra våra röster tillbaka till dem i form av viskningar. Från och med nu talar vi bara med våra sinnen."

E-Z frågade, med hjälp av sitt sinne, "Vad händer om de vet att vi är här? Jag menar, kommer de inte att kunna se oss?"

"Hadz och jag är inte mänskliga, så vi är inte på deras radar. Du är dock inte det, vilket är anledningen till att vi har skyddat dig."

"Toppen! Det finns en osynlig skyddssköld runt mig - det är bra information för mig att veta."

På avstånd kunde han se de Svarta bergen. "Jag slår vad om att man kan steka ett ägg på de där bergen när solen värmer dem." Han tvekade: "Hur var det med fågeln som bajsade på mig? Kan de onda ha skickat ut den för att leta efter oss?"

Hadz och Reiki skakade på huvudet. "Vi såg fågeln. Det var en korp - känd som en bärare av meddelanden från himlen."

"Okej, det låter rimligt. Jag tyckte inte att den såg ut som en korp. Berätta vad det är som har kapat själafångarna och vad vi måste göra för att besegra dem." Han tvekade, "Och vad detta har att göra med reinkarnationen av Charles Dickens som en ung pojke." Han tvekade igen. "Och, kommer Lia att få transport? Kommer enhörningen Little Dorrit att återvända om/när vi går med på att hjälpa dig?" Det var mycket prat. Han var törstig och önskade att han hade tagit med sig en flaska vatten.

POP.

En dök upp. Han drack upp den efter att ha sagt "Tack" till ingen.

Reiki frågade, "Har du någonsin hört talas om Erinyes?"

E-Z skakade på huvudet.

"Även kända som Furierna", sa Hadz.

"Jag har ingen aning om vad de är...men jag har ett vagt minne av något från ett spel kanske?"

"De är kollektivt kända som hämndens gudinnor."

"Berätta mer för mig. Vem hämnas de på?"

"Varför, hela den mänskliga rasen!" Hadz väste.

"Mina vänner och jag pratade om det här tidigare. De flesta människor känner inte till Soul Catchers. De flesta tror att vi har själar. Själar som går till antingen himlen eller helvetet - beroende på de val vi gör i våra liv."

"Ja, vi är medvetna om detta", sa Hadz.

"Berätta då för mig", frågade E-Z. "Var finns Gud i allt det här? Gud eller Jesus, Allah, Buddha...vad ni nu känner honom som. Var finns han?"

Hadz och Reiki stirrade framåt utan att svara.

"Okej, jag förstår att ni inte kan svara på den frågan. Svara på den här istället. Varför straffar gudinnorna människorna med något som de inte ens är medvetna om? Jag förstår att de är onda, men det låter ändå löjligt."

"Barnen," sa Hadz.

"De straffar de ostraffade. Men..."

"Ah, jag väntade på ett men... Fortsätt."

"Furierna missbrukar sina krafter. De tänjer på gränserna. De riktar in sig på oskyldiga. Oskyldiga barn som leker en lek."

"Vänta, menar du att barn som spelar spel straffas för saker de gör i spelet? Men spel är ju inte på riktigt! Hur kan de straffas i verkliga livet för något som inte är verkligt?"

"Jag vet det, och du vet det, men för The Furies är det samma sak. Om du i ett spel ska döda någon går du igenom samma tankeprocess som en mördare skulle göra. Det innebär att planera det, med avsikter att döda och sedan gå igenom det. I vissa fall handlar det om massmord. Och ja, det är oskyldigt, och de ombeds att göra dessa saker för att komma längre i spelet. För Furierna är barnen de ostraffade och de är lovligt byte när de befinner sig i spelet."

"Vänta lite!" utbrast E-Z. "Vad exakt är det du säger här? Jag tror att jag förstår kontentan, hur själafångarna passar in, men idén är så ond... jag vill inte ens tänka på det, än mindre säga det."

"Furierna hämnas på spelarna. De som har syndat i sina hjärtan", sa Reiki. "Det är inte meningen att de ska dö! Deras själsfångare är inte redo att ta emot deras själar och därför..."

"De har ingenstans att ta vägen", sa Hadz.

"Och Furierna samlar dem här, genom att skapa sin egen stam av själar. De lagrar barnens själar i stulna själsfångare."

"Det här skapar kaos", sa Hadz.

"Så ni barn måste hjälpa till."

"Vänta lite!" sa E-Z. "Vänta en jävla minut!"

KAPITEL 25
FYRA ÖGON

"ÅH, åH", SKREK HADZ, när ett mörkt moln snabbt rörde sig över himlen och var på väg i deras riktning.

"De kan inte ha trängt igenom skyddsskölden!" utbrast Reiki.

E-Z kastade en blick över axeln. Vad han såg var ett svart något som inte var ett moln. För det var ormliknande. Med en kluven tunga som slickade i sig luften. Istället för två ögon hade det många ögon. För många för att räkna. Var och en med blod som droppade ner. Blod och ångande gul var.

Tungan på saken skiftade från höger till vänster. Den gav ifrån sig ett piskande ljud, medan dess käkar öppnades och stängdes. Och från halsen ett knotigt ljud, som växlade mellan ett skrik och ett surrande.

Med vinden i ryggen fylldes luften av en vidrig stank som snart nådde E-Z, Hadz och Reikis näsborrar.

Lukten var mycket vidrig. Värre än svavel. Eller ruttna ägg. Äckligare än septisk vätska och ruttnande lik tillsammans.

Trion flyttade sig högre upp, så att de kunde se förbi en ås som de inte hade lagt märke till tidigare. Bakom den fanns silverbehållare. Själafångare. Så långt ögat kunde se.

"Så många! Är alla dessa fyllda med barn? Åh, nej!" E-Z sa med en nasal ton eftersom han fortfarande höll för näsan. Även om han fortfarande kunde känna stanken.

PTOOEY.

De duckade för en spray av geggigt gult var.

"Vad tusan är det där?" utbrast E-Z.

Nedanför kunde man se en gigantisk ögonglob. Den hade varit stängd. Förklädd.

PTOOEY. PTOOEY. PTOOEY.

"Åh nej!" utbrast E-Z. "Ögonsnorkråkor!"

Den sköt mot dem och sprutade ut sin heta, klibbiga vätska.

"Håll i er!" ropade Hadz och Reiki.

Var och en tog tag i ett av E-Z:s öron.

"Ahhhhh!" skrek han.

PTOOEY.

E-Z duckade för snorkråkan, men den träffade nästan hans rullstol.

FIZZEL.

POP.

POP.

E-Z var tillbaka i sin säng igen. Svettpärlor droppade ner för hans panna.

Under tiden fortsatte Alfred att snarka i änden av sängen.

"Det var lite för nära för att vara bekvämt!" sa E-Z. "Trängde de igenom skyddsskölden? Såg de oss? Vet de vem jag är, var jag bor?"

"Nej, vi kom ut därifrån innan de kunde ta sig igenom", sa Reiki.

"Det kanske är en dum fråga, men varför POPade du oss inte bara in och ut därifrån från början. Istället för att ta er tid att flyga hela vägen dit - och utsätta våra liv för fara?"

"Vi var tvungna att VISA er."

"Före striden... Vad kallar ni det..."

"Menar du rekognosera?" frågade E-Z.

"Ja, det stämmer. Vi var tvungna att visa dig. Du var tvungen att se det, med dina egna ögon. Alltihop. Vad du står inför", sa Hadz.

"Vi tänkte att det du skulle lära dig skulle vara värt risken."

"Jag antar att tiden får utvisa det", sa E-Z.

"Ledsen om vi gick för långt", sa Hadz.

"Vi ville verkligen ert bästa."

"Jag vet att ni gjorde det. Och jag är glad att jag såg Soul Catchers. Hur många de var - det chockade mig verkligen."

"Ja, det chockade oss också. Och du kan vara säker på att det chockade ärkeänglarna också. När de först såg det."

"Det där skulle du inte ha sagt", sa Reiki.

POP.

Hadz försvann.

"Åh, nu är det okej", sa E-Z.

"Glöm det."

"Jag kan fortfarande inte lista ut vad The Furies får ut av det här? Vad är deras slutspel? Har någon räknat ut det än?"

"De lägger till mer varje dag. Fler barn som spelar spel och sugs in i deras nät."

"Men varför är det ingen som protesterar? Borde vi inte berätta för världsledare, presidenter, premiärministrar? Finns det inget de kan göra?"

"Tänk på det, vad är det första de skulle göra? De skulle skicka in armén. Fler människor skulle dö. Fler själafångare som krävs före sin tid.

 "Spel från vad vi har observerat är ett världsomspännande fenomen. De onda systrarna tar själarna från intet ont anande barn."

"Men de flesta av ledarna har sina egna barn", sa E-Z. "Om de visste skulle de säkert vilja skydda sina barn och de skulle vilja skydda andra barn också."

"Snarare skulle Furierna rikta in sig på deras barn. Det skulle vara som att dingla med en pinne framför dem", sa Reiki.

POP.

Hadz var tillbaka.

"De skulle älska om de kunde förgöra de stora och mäktiga barnen. Just nu verkar det som om de gör det slumpmässigt - utvalda inom spelet", sa Reiki.

"Berätta mer om vad du vet om dem." frågade E-Z.

Hadz viskade, "Deras namn är Allie, Meg och Tisi. Allies hämnd är för ilska, Megs är för svartsjuka och Tisi är känd som hämnaren."

"Okej, så varför luktar de så illa? Och hur kan de tre besegras?" frågade E-Z och tittade på sin klocka. Klockan var precis 8.00. Han behövde prata med resten av gänget för att få tillbaka Rosalie. Hur skulle han kunna berätta för dem om den hemska trion och alla barnen i Soul Catchers?

"Legenden säger att de straffades för att de gjorde sitt jobb, förr i tiden. Nu har de hittat ett kryphål med Virtual Reality, en ny mänsklig uppfinning." Hadz tvekade. "Varför vill människor aldrig leva sina liv i nuet? Varför måste de fly och spela dumma spel som sätter deras liv på spel?" Den blivande ängeln var röd i ansiktet och mycket arg."

Reiki försökte trösta sin vän och sa: "De vet inte vad de gör."

"Okunnighet är ingen ursäkt", sa E-Z. "Vi måste skicka tillbaka dem till var de än var innan VR uppfanns. Och vi vill att de återlämnar själarna till de barn som de har tagit under falska förespeglingar. Saken är bara den, HUR ska vi övertyga dem om att de gör fel? Att de stjäl liv och straffar människor för tankar, inte handlingar?

"Nu när jag har fått en glimt av Furierna - vet jag att vi måste hjälpa dig mer än någonsin. Men jag måste fortfarande övertyga de andra. Även om de håller med, kämpar vi fortfarande mot oddsen. Jag vill vara positiv. Säga att vi klarar uppgiften. Men vi kommer inte att veta säkert förrän det är dags att slåss."

Han slog i sin kudde och höll den i knät. "Vänta lite, dog de? Jag menar, lyckades The Furies fly från sina egna själsfångare? Och om de gjorde det, hur? Vem hjälpte dem att ta sig ut?"

Hadz tittade på Reiki och Reiki tittade och Hadz.

POP.

POP.

De var borta.

"Toppen!" sa E-Z. "Helt jävla fantastiskt!"

KAPITEL 26
BALANS

TROTS ATT HAN FÖRSÖKTE sova kunde E-Z inte göra det. Han tänkte hela tiden och ställde frågor till sig själv. Frågor som han inte kunde svara på.

Så han gick upp ur sängen och klickade på sin dator och grävde lite.

Han hittade guld inom kort. När han hittade en länk mellan Furierna och de Tre Gracerna. De verkade vara som varandras yin och yang. En god en ond. Han undrade om de kunde använda den här informationen till sin fördel. Om onda gudinnor kunde föras till jorden, kunde goda gudinnor också kallas tillbaka?

Först, innan han föreslog att ärkeänglarna skulle föra dem tillbaka - förutsatt att de kunde göra det. Han ville veta exakt vad The Graces skulle kunna bidra med.

Ja, de var gudinnor. Döttrar till Zeus som var himlens gud. Deras krafter var inriktade på charm, skönhet och kreativitet. Han läste vidare, men kunde inte se hur de skulle vara till stor hjälp mot The Furies.

Han hade ändå lite tid över så han fortsatte att läsa Han läste en text som tillskrivits Nietzsche. Hans teorier om gott och ont diskuterades fortfarande och debatterades i forum.

Sedan dök ett minne upp i hans huvud. Det hände mindre, minnen som kom tillbaka till honom om sina föräldrar. Han hoppades att de aldrig skulle sluta.

Det här var en konversation med hans pappa. Om Newtons tredje lag. De hade tagit en båt ut och fiskade lite.

"Det är så en fisk driver sig själv genom vattnet", förklarade hans pappa.

Sedan dess hade han lärt sig mer om det i skolan. Han tänkte att Newton och Nietzsche skulle ha haft några ganska intressanta samtal. Men deras liv var tusentals år ifrån varandra.

Då slog det honom. Han, Lia och Alfred var raka motsatsen till Furierna.

Visste ärkeänglarna redan detta? Var det därför de verkade så insisterande på att bara han och hans team kunde besegra The Furies?

Frågan som fortsatte att rinna genom hans huvud var dock fortfarande - kunde de vinna?

Var det ens möjligt att stoppa Furierna?

Han var tvungen att prata om det med de andra.

Han stängde av sin dator och gick tillbaka för att få lite sömn innan de andra vaknade.

Alla förväntade sig att han skulle ha alla svar. Han hade dem inte, men han gjorde sitt bästa. Sedan han blev ledare var livet så här.

KAPITEL 27
RÖDA RUMMET

E-Z BEFANN SIG I ett rött rum. Ett rum som luktade blod. Den starka järnlukten gjorde ont i hans näsa och han täckte den med handen och gick sedan några steg framåt. Hans fotsteg lämnade märken över det blodiga golvet. Var befann han sig? I helvetet? Han hade åtminstone förmågan att springa här inne, men vart? Det fanns inga dörrar. Inga fönster. Inget ljus av något slag och ändå kunde han se att allt var rött. Och blött.

Han tog fram sin telefon och klickade på ficklampans app. Med hjälp av ficklampans stråle följde han väggarna runt omkring honom. De var alla likadana. Blodiga och droppande. Och stinkande. Han väntade. Att kalla på hjälp verkade inte vara en smart sak att göra. Det kanske vore bättre om det som fört honom hit inte kom för att möta honom. Han ville helst inte träffa dem. Ficklampans sken släcktes och hans telefon slocknade. Han var rädd för att röra sig och stod helt stilla och lyssnade.

Ett krypande, något. Släntrande, längs golvet. En kommer ner från väggen till höger och en annan till vänster. Tre stycken. Ormar.

Sedan förändrades luften i rummet och en bekant lukt spreds. Ruttnande. Ägg. Svavel. Förruttnad karcassy.

Han höll för näsan. Precis som tidigare maskerade det inte den vidriga stanken.

Han väntade.

Så de ville ha honom ensam. De hade honom. Han skulle se till att de ångrade sig om det var det sista han någonsin gjorde.

"Vi skulle kunna äta dig till frukost", skrek Tisi.

"Eller lunch", sa Alli. "Jag är trots allt lite småhungrig."

"Eller eftermiddagste, det finns inte mycket av honom. Inte för tre av oss att dela på", sa Meg.

E-Z koncentrerade varje fiber av sitt väsen på sina vingar. De var hans enda hopp om att fly och de var värdelösa.

"Titta!" Meg skrek. "Han försöker använda sina pyttelilla vingar."

Tisi och Alli lyfte sig själva. Meg anslöt sig till dem när de svävade precis utanför hans räckvidd.

Under hans fötter skakade och mullrade golvet. Som om det skulle öppna sig och svälja honom. Han backade för att stödja sig mot väggen. Men när han rörde vid den kändes hans skjorta våt. Och när han lade handen på den kom den tillbaka täckt av blod.

"Jag är inte rädd för er tre slynor!" skrek han.

"Du kanske inte är rädd för oss - än -" skrek Meg.

"Men det kommer du att bli mycket snart", väste Tisi.

"Nu kan du ta hand om de här tre", viskade Meg och hennes dåliga andedräkt fick honom nästan att kräkas.

De tre ormarna använde sin höjd som hävstång och sprang mot honom. Deras kluvna tungor väste och spottade. Sedan började de linda sig runt varandra. Sammanfogade, sammanflätade. Tills de blev en enda gigantisk orm med tre huvuden och tre piskor. Piskor som knäppte i E-Z:s riktning för att hålla honom på plats.

Han tryckte sig längre bakåt. Att höra det kväljande blodet bakom honom gav honom på något sätt tröst.

Hans kropp slappnade av när hans rygg sjönk in i hörnet mot den blodiga droppande väggen.

"Titta på honom", sa Tisi. "Han är bara en pojke och han har inte gjort någon illa. Han är faktiskt så snäll att det är synd att vi måste förgöra honom."

"Ja, hans hjärta är rent", sa Meg. "Men han har en svart fläck på sitt hjärta. En fläck av hämnd som han skulle vilja ta ut mot dem som var ansvariga för hans föräldrars död."

"Prata inte om mina föräldrar!" E-Z skrek och tryckte sig längre in i den blodiga väggen. Han var rädd. Rädd för att det de sa var sant. Han blundade. Om han inte kunde se dem, kanske de skulle försvinna. Då gav något bakom honom vika. Och han hamnade i fritt fall, bakåt. Tumlade. Föll.

THUMP

Han landade i sin rullstol och de flög iväg.

Tillbaka i Röda rummet var Furierna rasande!

"Följ efter honom!" ropade Tisi.

"Ta honom!" Meg skrek.

"Det är för sent!" sa Alli. "Det är som om han har försvunnit!"

"Vi åker tillbaka till Death Valley", sa Meg. De gick och lämnade Röda rummet tomt. Men deras stank dröjde sig kvar.

THUMP.

"Du blöder", sa Sam. "Låt oss få in honom i badrummet. Vi kan se hur illa skadad han är." Sam knuffade rullstolen mot dörren.

"Nej, stanna!" sa E-Z. "Jag är okej. Blodet är inte mitt. Men jag behöver bli tvättad. För att tvätta bort stanken. Sedan ska jag förklara vad som hände. Jag lovar."

"Så länge du är säker på att du är okej", sa Sam.

När han hade gått kunde Sam, Lia och Alfred inte komma på något att säga till varandra. De väntade under tystnad på att han skulle komma tillbaka.

I badrummet placerade E-Z sin rullstol på rampen. När de byggde om huset uppfann farbror Sam en ny dusch åt honom. Det gav honom mer självständighet. Och det var roligt! Ungefär som en biltvätt.

Han sträckte sig upp och förde armarna och nacken genom remmarna. Han tryckte på en knapp så att han skulle röra sig framåt, och hans stol skulle följa efter. Omedelbart började vattnet flöda. Det rengjorde hans kropp och hans kläder samtidigt. Då och då sprutade duschgel eller schampo ut, följt av vatten för att tvätta bort det.

Nu när han var ren fortsatte han framåt och satte igång torkmekanismen. Den torkade honom och hans kläder och gjorde dem skrynkelfria på några minuter.

När han nådde slutet kopplade han loss sig från remmarna och satte sig i sin stol. Han tittade på sig själv i spegeln. Hans hår såg redan så bra ut att han inte ens behövde kamma det. Han gick tillbaka till sitt rum. När han såg sina vänner fick han magknip och kräktes.

"Jag är ledsen", sa han. "Så ledsen."

Lia och Alfred slängde sina armar runt honom. De brydde sig inte om kräkningarna. Hängivna vänner oroar sig inte för sådana saker.

Sam gick för att hämta en skål och lite vatten, för att tvätta sin brorson.

E-Z var tacksam för hjälpen och det gav honom tid att tänka på vad han skulle säga och hur han skulle säga det.

"Tack, farbror Sam. Uh, vad jag har att berätta för dig. Det är inte vackert."

"Fortsätt", sa Alfred.

"Vi finns här för dig", sa Lia.

"Sätt dig, farbror Sam."

De listade allt utan att säga ett ord.

"Jag är med", sa Alfred.

"Jag också", sa Lia.

"Jag tre", sa Sam.

"Överens", sa E-Z. Och en sekund senare var han på väg tillbaka till det vita rummet. Eller det var dit han hoppades att han var på väg.

Var som helst var bättre än det röda rummet. Var som helst överhuvudtaget.

KAPITEL 28
DET VITA RUMMET

D ET VITA RUMMET VERKADE på något sätt annorlunda när hans fötter rörde vid marken.

E-Z kände sig så lycklig över att vara tillbaka i det vita rummets bekvämlighet. Där han kunde gå runt. Ta på böckerna. Lukta på böckerna. Men något kändes konstigt. Av.

Han lugnade ner sig. Han märkte att hans händer skakade. Hans knän darrade. Nu klapprade hans tänder.

Han slog armarna om sig och önskade att han hade tagit med sig sin jacka. Han väntade, förväntade sig att en skulle komma. Det gjorde det inte.

"Vad är det här för ställe?" frågade han.

Inget svar.

"Cheeseburgare med pommes frites", sa han.

Inget svar.

"Chop suey, med äggrulle", sa han, med mer auktoritet.

"Jag kräver att få veta var jag är!" ropade han.

Ingenting.

Nadda.

"Rosalie?" ropade han. "Är du där? Eriel? Raphael? Någon av er? Hadz? Reiki?"

Återigen ingenting.

Inte ens ett artigt PFFT som fick honom att slappna av.

Böckerna var de enda ankare som höll honom kvar på den här platsen. Han tog sig till stegen och flyttade den under D:na. Han förväntade sig att hitta Charles Dickens och började klättra. Istället fann han att varenda bok han rörde vid var relaterad till spelvärlden.

Vad i?

Och ingen av böckerna hade vingar. De var alla helt nya. Som om ingen hade öppnat dem tidigare.

Han föll nästan av stegen när en röst sa,

"E-Z Dickens - det här är inte det vita rum du är bekant med. Det är en kopia. Du har skickats hit för att forska. Varje bok du behöver finns till hands. Varje bok måste läsas och granskas i sin helhet."

"Jag kan inte läsa alla dessa böcker snabbt; det skulle ta mig åratal att komma igenom alla dessa böcker!"

"Det är därför du kommer att få ytterligare en kraft. En kraft som bara kommer att komma till sin rätt inom väggarna i detta rum. Läs nu. Snabbt. Rasande. Memorera allt."

När den rösten tystnat började en annan,

"Tio, nio, åtta, sju, sex, fem, fyra, tre, två, ett. Läs nu E-Z Dickens. Sätt igång med det."

E-Z sprang igenom varenda bok.

När han läst ut en bok fick han genast en ny i handen. Sedan en till, och en till.

Han läste dem alla tills han inte kunde läsa mer.

Han hoppades att hans huvud inte skulle explodera!

Sedan föll han mot väggen, ställde sig i ett hörn och grät medan en plan formulerades i hans huvud.

Idén kom till honom när han tänkte på PJ och Arden. Varför hade Furierna lagt dem i koma istället för i Själafångare? De var med i spelet - de spelade spel hela tiden, varför inte döda dem?

Planen gick till så här: Han och hans team skulle uppfinna sitt eget multiplayerspel. Sam skulle känna folk som kunde hjälpa till i branschen. När The Furies kom för att hämta deras själar - skulle de ta ner dem.

Han önskade att Arden och PJ var där för att spela med honom - för de skulle ha skyddat honom. Det var okej, han hade deras ryggar. Han skulle rädda dem och befria dem.

Han gick fram och tillbaka och tänkte igenom det hela. En aspekt skulle inte fungera. Om han utmanade honom i en lek och vägrade döda - då skulle de vara honom på spåren. Och det skulle kunna försätta andra I fara.

Det är inte som om han kunde säga till alla spelare i världen att sluta spela. Om han berättade sanningen för dem, om de tre gudinnorna som försökte stjäla deras själar, skulle de låsa in honom.

Men det var ändå den enda idén. Den enda tydliga vägen han kunde se för att besegra Furierna i deras eget spel.

Uppgiven över att han inte kunde komma på något bättre sa han: "Ta mig därifrån."

Och plötsligt var han ensam i det vita rummet med Rosalie och Raphael. Han undrade var Eriel var, inte för att han saknade honom.

"Okej, jag har en idé. En sorts plan," sa han. "Men jag är inte säker på om den kommer att fungera. Jag behöver svaren på två frågor. Och jag har en begäran om en tredje - begäran är inte förhandlingsbar."

"Fråga på," sa Raphael.

"Nummer ett, kommer jag att kunna rädda mina bästa vänner PJ och Arden om vi möter The Furies?"

Raphael tvekade innan han talade. "Om du lyckas finns det ingen anledning till att dina vänner inte ska räddas."

"Korsa ditt hjärta?" sa han.

Hon gjorde det.

"Som jag misstänkte beror deras tillstånd på Furierna. Stämmer det?"

"Ja, vi tror att det är sant. Dina vänner har tur på ett sätt eftersom deras själar förblir intakta. Vad vi inte kan lista ut är varför, det är om de var måltavla för Furierna. I alla andra fall vi känner till har de tagit själarna från barn. Vi känner inte till några andra som dina vänner som fortfarande lever i ett komatöst tillstånd."

"Jag har en idé om det också, men vad jag behöver veta är, om Furierna besegras, vad kommer att hända med PJ och Arden? Vad kommer att hända med alla de barn vars själar redan finns i själafångarna? Det var inte meningen att de skulle dö. Och vad händer med de hemlösa själarna?"

"Just nu använder The Furies kraften i internet. Det ger dem tillgång till hjärtan och hem hos varje person på planeten. Det är som om ni alla har lämnat era dörrar och fönster öppna - så vem som helst kan ta sig in. Det är sant att det bara finns tre av Furierna - men deras krafter är stora. De är mytiska varelser, gudinnor vars ursprung går tillbaka till Zeus. Du har väl hört talas om Zeus?"

"Jag läste att han var himlens gud och far till De tre gracerna. Skulle de kunna hjälpa oss om du förde dem tillbaka?"

"Zeus är inte inblandad i det här. Inte heller hans döttrar. Vi ärkeänglar leker inte med tiden. Och vi har alltid trott att själafångare var heliga. Oantastliga. Tills nu."

"Bra, så du tror att mina vänner har blivit måltavlor för Furierna, men du är inte riktigt säker. Inte mer än vad jag är, eller hur?"

"Det stämmer. Det beror på att jag inte kan säga hundra procent ja eller nej. Om dina vänner spelade spel. Jag menar att döda inom spelen... Då skulle de uppfylla Furiernas kriterier.

"Men om de ville ha dem döda - skulle de redan vara döda. Om inte...nej, det skulle inte vara vettigt. Det skulle betyda att de vet om dig och ditt team. Det finns inget sätt de kan veta. Vi har hållit det hemligt. Om de visste, skulle de hålla dina vänner vid liv ifall de behövde ett påtryckningsmedel."

"Du menar som ett förhandlingsobjekt?"

"Möjligen, men ärligt talat vet jag inte. Som jag sa har vi hållit allt om dig och ditt team hemligt. Vi, inklusive mig själv och de andra ärkeänglarna skulle göra vad som helst för att skydda dig.

"Furierna har tilldelats krafter genom århundradena. Men de har aldrig riktat in sig på oskyldiga barn. De har aldrig vridit sin agenda för att passa sina egna syften."

"Vilka är deras syften?" frågade E-Z.

"Det vet vi inte."

E-Z sa, "Det är därför vi måste ha den bästa chansen, att vinna mot dem."

"Exakt, men varje dag stjäl de fler barns själar, och de påskyndar processen."

"Hur mycket snabbare?" frågade E-Z.

"I tusental, tror vi, men snart kommer det att vara i miljontal. Snart kommer det att vara för sent att stoppa dem."

"Okej, jag förstår vad som står på spel här, men vi är bara barn och vi vill inte gå in i blindo. Vi är dödliga och det är de också. Vi måste tänka efter, överväga alla alternativ innan vi riskerar våra liv."

"Vi förstår och som jag sa kommer vi att hålla er om ryggen."

"Nu till min nästa fråga, jag vill veta vad jag ska göra med en tioårig Charles Dickens?"

"Åh det," sa Raphael. "Först och främst hade vi inget att göra med hans reinkarnation. Vi har en teori, förutom den vi berättade för dig, nämligen att du kallade på honom. Vi undrar om hans återkomst var ett misstag från deras sida. Kanske öppnade sig universum och skickade honom för att hjälpa dig, som en jämvikt. Han är trots allt en släkting. Och han är en historieberättare och en intrigmästare. Han kanske har verktyg och insikter som du ännu inte känner till och som kan hjälpa dig att besegra Furierna."

E-Z valde sina ord med omsorg. "Men han är ett barn. Han har inte skrivit en enda sak än. Han kommer att vara en distraktion och han är från en annan tid och kan sätta oss och vårt uppdrag i fara."

"Det beror på", sa Raphael. "Han kan vara ett hemligt vapen. Han är här för din skull. Om du tror på honom. Att han föddes till att bli författare. Då kommer han redan vid tio års ålder att ha alla färdigheter som krävs. Använd honom till din fördel om du väljer att göra det."

E-Z knöt nävarna. "Menar du att vi ska använda min kusin som bete?"

Raphael skrattade och fladdrade omkring och orsakade en onödig bris.

"Det skulle hjälpa om du slutade flaxa så mycket", sa Rosalie. "Jag har massor av tröjor, men jag kan ändå inte bli varm här inne. Jag skulle förresten vilja åka hem nu. E-Z och de andra har gått med på det, så jag har gjort mitt. Nu, så länge, farväl. Låt mig gå hem."

BINGO.

Rosalie försvann och landade i sitt rum. Hon pratade med Lia i sitt sinne och berättade att hon hade återvänt oskadd och nu skulle ta en tupplur.

E-Z tänkte på ytterligare ett icke-förhandlingsbart krav.

"Jag vill ha Hadz och Reiki med mig, i vårt team."

Raphael log. "Hadz och Reiki är bundna till Eriel av vår ledare Michael."

"Låt mig tala med honom då. De två har hjälpt oss. De kommer när jag kallar. Om vi ska kämpa mot den uråldriga ondskan behöver vi de två på vår sida för att hjälpa oss."

"Michael kan inte tala med dig. Men jag ska framföra din begäran. Om han anser att det är nödvändigt kommer han att meddela mig och jag kommer i min tur att meddela dig. Var det något annat?"

"Ja. Jag behöver veta hur man blir av med Furierna. Är det meningen att vi ska döda dem? Att skicka tillbaka dem till var de än kom ifrån? Vad exakt är det du ber oss att göra med dessa gudinnor?"

"Bind dem, håll fast dem - så sköter vi resten. Om din plan fungerar borde vi kunna ta kontroll över själsfångarna. Vi återställer allt till hur det var."

"Hur blir det med dem som dog i förtid?"

"Allt kommer att utjämnas ... när fienderna har neutraliserats."

"Innan du skickar tillbaka mig", sa E-Z, "behöver jag något, en försäkring om att du inte kommer att korsa oss igen. Att ge oss Hadz och Reiki var tänkt att vara den försäkringen, men eftersom du inte kan ge mig det, behöver jag något annat. Något jag kan ta med tillbaka till de andra och säga att det här är ett bevis på att de inte kommer att svika oss som de har gjort tidigare."

"Som vadå?"

"Dina glasögon borde duga", sa han.

Raphael föll ner på knä, hennes vingar slutade flaxa och rullade tillbaka. "Inte det, allt annat än det", skrek hon. "Utan mina glasögon är jag varken till hjälp för dig eller för någon annan."

"Ärkeänglarna har hållit Rosalie här mot hennes vilja. Utnyttjat henne för att komma åt mig. Ni har ändrat er när det gäller löften, ställt in mina prövningar..."

Hon rörde vid kanten på sina glasögon och tog sedan av dem. I hennes händer förvandlades glasögonen till en orm, en röd orm som kröp upp på E-Z:s arm och slingrade sig upp, upp, upp.

"Vad i!" E-Z skrek när ormen fortsatte upp längs hans hals. Över kanten på hans haka. Den gled över hans tätt slutna läppar. Upp och över hans näsa. Sedan halverade den sig själv och lindade en ände runt vardera örat. Sedan återvände den till sitt ursprungliga tillstånd - pulserande glasögon.

"Mina glasögon är dina nu, vad du än gör - låt inte Furierna ta dem ifrån dig. Om det händer kommer vi alla att förgöras."

"Vänta!" sa rösten från väggen. "Tänk om ni misslyckas? Ni är ju trots allt bara barn."

"Jag kan inte lova framgång - men vi ska ge allt vi har. Men det skulle vara bra att veta, om vi behöver din hjälp, att du kommer att använda dina krafter för att hjälpa oss."

"Överenskommet", lät rösten.

E-Z var tillbaka i sin rullstol i sitt rum med de röda glasögonen pulserande i ansiktet.

"Du måste sluta med det där", sa farbror Sam, som höll på att bädda sin brorsons säng. "Innan jag glömmer det, Sam och jag besökte PJ och Arden idag när vi gjorde en kontroll på sjukhuset. Vi sprang på PJ:s pappa; han gav oss en uppdatering. De delar ett sjukhusrum nu, men inget av deras tillstånd har förändrats."

"Tack, jag tänkte ringa dem. Okej allihop, samlas här."

KAPITEL 29
VAD BÖR VI GÖRA?

"**V**ILL DU ATT JAG stannar?" Sam tog en paus. "Min fru väntar på att jag ska massera hennes fötter. Barnet kommer vilken dag som helst så att låta henne vänta är inte ett alternativ."

"Varsågod och ta hand om henne", sa E-Z. "Jag berättar mer om detaljerna senare."

Lia gav Sam en kram.

"Tack", sa Sam och stängde dörren bakom sig.

Det ringde på ytterdörren.

"Jag har den!" ropade Sam och sprang mot ytterdörren.

"Han har mycket på sitt bord", sa E-Z.

"Det blir lättare när barnet kommer", sa Lia.

"Det kommer att bli mer kaotiskt", sa Alfred. "Men låt oss inte oroa oss för det nu."

"Så, vad är det senaste?" frågade Lia.

"Börja med positiva saker om det finns några. Jag hoppas verkligen att det finns några", sa Alfred.

"Den goda nyheten är att jag har en idé. Den tråkiga nyheten är att jag inte har en aning om den kommer att fungera mot våra fiender. De är kända som Furierna. Har någon av er hört talas om dem? Jag kände igen namnet från mytologin, och de finns med i vissa spel."

Lia skakade på huvudet och sa nej.

Alfred sa: "Jag har hört talas om dem, men det var länge sedan. Jag tror att vi läste om dem i high school, förr i tiden. Jag minns att de var onda - tre stycken kanske? Och är de inte gudinnor? Jag har en bild av Medusa i huvudet. Var de släkt?"

"De är värre. Mycket värre eftersom det finns tre av dem", sa E-Z. "När jag spydde, ja, det var direkt efter mitt andra möte med dem. Det första mötet var på en resa med Hadz och Reiki. Vad de kallade en liten rekognosering. Och oroa dig inte, vi var kamouflerade, men jag lärde mig mycket. De har upprättat ett högkvarter i Death Valley.

"Som vi misstänkte riktar de in sig på barn. I spelvärlden. Lia, du frågade vad deras syfte var... Det är att knuffa barn över kanten. Barn i vår ålder, och ännu yngre.

"När de får tag på dem stjäl de deras själar. Och de lägger dem i själsfångare avsedda för andra människor. Så när de dör finns det ingenstans för deras själar att ta vägen."

"Det är så ondskefullt!" sa Lia.

"Så när de verkliga ägarna till själsfångarna dör, vad händer med deras själar? Jag menar, om deras själar inte har någonstans att ta vägen - inget hem, ingen himmel - vad händer då med dem?" frågade Alfred.

"Det är det som är grejen. De har ingen evig viloplats - så när de dör flyter de bara omkring. Det är i alla fall den kortfattade versionen. Och vi måste stoppa Furierna och vi måste stoppa dem snart."

"Hur tar de barnens själar? Jag förstår inte," frågade Lia.

"Inte jag heller", sa Alfred. "Barn, särskilt barn som spelar spel, är väldigt datorvana. Hur kan de utsätta sig själva för fara? Hur kan Furierna få tillgång till dem i deras egna hem, mitt framför näsan på deras föräldrar?" Han tänkte efter ett ögonblick, "Är de ansvariga för att PJ och Arden ligger i koma?"

"Okej, Lias fråga först. Furierna straffar dem som är ostraffade - det har varit deras syfte historiskt sett. Deras främsta vapen har alltid varit ånger. De får människor att känna sig skyldiga. Att ångra att de gjort fel. Och när de gör det tar de kontrollen. De gör dem galna, får dem att förstöra sig själva.

"Jag berättade om killen som kom till mitt hus och försökte skjuta mig? Han sa att någon i spelet hade sagt att de skulle döda hans familj om han inte dödade mig. De fick honom att ge sig på mig, på grund av de handlingar han utförde i spelet. Det tog mig en ledtråd från Eriel att göra den kopplingen. Det verkade konstigt just då, men det registrerades inte direkt.

"Det är så de gör det. Ett barn spelar ett spel och för att komma vidare i spelet måste han döda någon, eller till och med begå massmord, eller, ja du fattar. I den verkliga världen är dessa saker synder och strider mot lagen, i spelet är de en del av spelet. I de flesta spel är det det enda syftet."

"Vänta lite," sa Alfred. "Menar du att de straffar barn i spelet som om de hade begått mord i verkligheten?"

"Det stämmer", sa E-Z. "Det är precis vad de gör. Hur de använder spelindustrin för att rättfärdiga - nej, jag tror inte att det är rätt ord. Jag menar att ha överseende med deras handlingar att ta barnens själar."

Lia knöt händerna och gjorde dem till knytnävar. Sedan använde hon dem för att hålla för öronen som om hon inte ville höra mer. "Du har helt rätt E-Z. Vi har inget val - vi måste absolut sätta stopp för de där häxorna. Ju förr desto bättre."

"Jag vet", sa E-Z, "men det kommer inte att bli lätt. De är gudinnor, även kända som Mörkrets döttrar och Erinyes. Deras främsta syfte är att straffa de onda och inom ramen för ett spel - alla är onda. Det är det enda sättet att avancera i spelet."

"Du sa att du hade en plan, vad är den?" frågade Alfred.

"Först för att svara på din fråga om PJ och Arden. Min magkänsla säger att svaret är ja. Men jag frågade Raphael om hon kunde bekräfta. Hon sa att hon inte kunde säga hundra procent på det ena eller andra sättet. Eftersom Furierna aldrig - såvitt de visste - hade gått ifrån att stjäla en själ. För att inte tala om två själar.

"Åh, en sak till som jag måste berätta för dig är att i Death Valley finns det tusentals själsfångare. Kanske fler än tusentals och antalet växer för varje dag som går. De finns så långt ögat kan nå." Han stannade upp, som om han hade hjärtat i halsgropen, och torkade bort en tår.

"Det var svårt att vara vittne till det. Det de gör är så överlagt, avsiktligt. Vad jag dock inte kan förstå är vad de tjänar på det. Jag menar, Hadz och Reiki gjorde rätt i att ta med mig dit för att se det. Om de hade berättat för mig, utan att visa mig... skulle det inte ha slagit mig lika hårt. Raphael säger att de ökar sitt intag dagligen. Så vi har inte mycket tid att sitta och tänka. Vi behöver en plan och vi måste agera."

"Är de dödliga?" frågade Alfred.

"Ja, vi håller på att ta reda på det", sa E-Z. "Så planen jag tänkte på var att göra ett eget spel. Onkel Sam kan hjälpa till. När jag spelar för att visa att jag dödar, då kommer The Furies att komma för att ta mig. När de gör det fångar vi dem och dödar dem i spelet.

"Jag tänkte att deras krafter kanske skulle minska i spelet. Men sedan slog det mig - tänk om mina också gör det."

"Det skulle vi inte veta förrän det var för sent", sa Alfred.

"Det stämmer. Ju mer jag tänkte på det, desto mindre effektiv verkade idén. För att inte nämna, om

de har PJ och Arden, fast i limbo, tills deras kontroll ...
Tja, de kan ta deras själar bort. Och vi skulle förlora
dem."

"Du menar att det kan vara en fälla?" frågade Lia.

"Exakt."

"Du har gett oss mycket att tänka på", sa Alfred. "Jag
tycker att vi ska sova på saken, fundera över det och
prata om det igen i morgon."

"Jag är inte säker på om jag kommer att kunna sova",
sa Lia, "men jag håller med, låt oss ta en paus. Jag
behöver tid att tänka på hur mycket fara vi kommer att
utsätta oss för. Vi måste se till att vi skyddar varandra."

"Visst," sa E-Z. "Under tiden ska jag se om jag kan
komma på en plan B."

Lia lämnade rummet och stängde dörren bakom sig.

"Jag undrar vem som var vid ytterdörren?" frågade
E-Z.

"Vi kan fråga Sam i morgon bitti, han är förmodligen
fortfarande upptagen med att ta hand om sin frus
fötter."

De skrattade."Låter som en bra plan", sa E-Z. "God
natt, Alfred."

"God natt, E-Z."

KAPITEL 30
OOOH, BABY BABY

"**B**ARNET ÄR PÅ VÄG!" ropade Sam några timmar senare.

På väg ner i hallen höll han Samanthas hand i ena handen. Över axeln hade han en övernattningsväska. Han tog tag i bilnycklarna.

"Du kör inte, älskling", sa Samantha och lade tillbaka nycklarna på bänken.

E-Z kom ut i hallen. "Vill du att vi ska följa med dig?"

"Det är bra," sa Samantha. "Lia sover fortfarande djupt."

"Jag väcker henne så träffas vi på sjukhuset, okej?"

Lia kastade en blick över axeln, "Jag har redan ringt en taxi. Han kör inte."

Sam log, "Hon är chefen."

"Vi ses snart", sa E-Z. "Förresten, vem var det som knackade på dörren igår kväll?"

"Det var Rosalie. Hon var utmattad, så vi placerade henne i gästrummet."

"Okej, tack", sa E-Z.

Medan han rullade längs korridoren till Lias rum och undrade vad Rosalie gjorde där, knackade han på dörren.

"Det är jag Lia", sa han. "Din mamma och farbror Sam är på väg till sjukhuset. Barnet är på väg!"

Först hördes en krasch, sedan öppnade Lia dörren. Lampan på nattduksbordet låg på golvet bredvid sängen. "Jag är klar om en sekund", sa hon. Hon stängde dörren.

Han gick vidare till gästrummet. Han tittade in och Sam hade rätt, Rosalie sov djupt. Han återvände till sitt rum, klädde på sig och försökte att inte väcka Alfred. Svanar var inte tillåtna på sjukhuset så att väcka honom skulle vara elakt - han skulle känna sig utanför. Han skrev ett meddelande om att Rosalie sov i gästrummet och att han skulle ta hand om henne tills de kom tillbaka. Säg åt henne att känna sig som hemma, skrev han. Han lämnade lappen så att Alfred inte skulle missa den när han vaknade.

E-Z stängde dörren bakom sig och låste den, sedan klev han och Lia in i den väntande taxin och åkte till sjukhuset.

De följde skyltarna och hittade snart babyavdelningen. Sam var där och gick upp och ner som blivande pappor gör på TV.

"Hur är det med dig?" frågade E-Z.

"Hur mår min mamma?" frågade Lia.

"Tack båda två för att ni kom", sa Sam. Hans hand skakade när han försökte dricka vatten ur en flaska. "Samantha mår riktigt riktigt bra. Jag menar, hon har gått igenom det tidigare med dig Lia, så hon vet vad hon kan förvänta sig och jag är. Tja, jag vet inte om jag kan hantera det. Kursen vi gick för att förbereda oss inför dagen var bra - men verkligheten är helt annorlunda. Jag hatar sjukhus."

"Alla hatar sjukhus", sa E-Z. "Men när de kommer in genom svängdörrarna. Och säger att du behövs... Då måste du ta dig samman och gå in dit och hjälpa din fru. Kom ihåg att ni är ett team som gör det här tillsammans. Ni klarar det här!" Han klappade sin farbror på ryggen.

"Jag vet."

Lia lade sitt huvud på Sams axel. "Du kommer att bli jättebra."

En sjuksköterska anlände. "Din fru behöver dig. Det dröjer inte länge nu. Jag ska ta med dig för att skrubba dig, och sedan kan du vara med din fru när vi tar ner henne."

Sam nickade och gick iväg.

Den sista minen i hans ansikte påminde E-Z om någon som stod framför en exekutionspluton.

"Han kommer att klara sig", sa Lia och klappade E-Z:s hand.

Timmar senare återvände Sam till dem med ett brett leende över hela ansiktet. "Jag har en dotter till", sa han, "och en son!"

"Två bebisar?" sa Lia och E-Z unisont.

"Ja, två. Vi såg bara en på skanningen."

"Hur mår min mamma?"

"Hon är strålande! Helt fantastisk!"

"Kan vi få se henne? Och bebisarna?"

"Ge dem några minuter att förbereda saker och ting. Sedan kan du träffa din bror och syster Lia, och E-Z kan du träffa dina kusiner."

"Vet du vad de ska heta redan?" frågade E-Z.

"Ja, men vi berättar det tillsammans."

"Det låter bra", sa E-Z.

"Två barn, i det där huset - med alla de andra", sa Lia.

"Jag tänkte på samma sak. Vi har redan ett fullt hus... men vi kommer att klara det. Det gör vi alltid."

De satt tillsammans och väntade.

EPILOG

V ECKORNA SENARE VAR DET den 17 januari. Julen hade kommit och gått med all den vanliga pompan och ståt, likaså inringningen av det nya året. E-Z var ytterligare ett år äldre, fyllde sexton och gänget var samlade i hans rum. Charles Dickens var med dem via Facetime.

Längre bort i korridoren ställde tvillingarna Jack och Jill till det. Sam och Samantha höll fortfarande på att vänja sig vid de nyanländas rutiner. Ingen i huset hade fått mycket sömn förrän de öppnade sina julklappar. E-Z, Lia och till och med Alfred fick ljudblockerande hörlurar.

E-Z hade funderat på andra sätt att besegra Furierna. Förutom hans idé att ge sig på dem i spelet. Det fanns få andra alternativ.

Medan de andra sov hade han haft några konversationer med Charles online. Charles tyckte att det skulle vara "helt grymt" att slå dem i deras eget spel. '

E-Z var lite orolig för vilka andra fraser som detektoristerna lärde Charles. Tillsammans bestämde de sig för att berätta för gruppen om sina diskussioner om hur de skulle gå vidare med spelidén.

"Det är enkelt", sa Charles Dickens. "E-Z och jag pratade i telefon häromdagen och vi kom fram till vad som skulle kunna fungera. Om de har någon information om The Three - jag menar, ni finns ju överallt på internet - kommer de att känna till er. Men de kommer inte att veta om mig.

"Inte för att de skulle vara rädda för mig. Även om Edward Bulwer-Lytton en gång skrev att 'pennan är mäktigare än svärdet'. I det här fallet hoppas jag att det är sant.

"Så jag har övat med mina vänner detektoristerna. Vi tror att det bästa spelet för att få in dem är ett befintligt spel. Och vi tror att vi vet det perfekta spelet.

"Det heter The PK Crew. Spelklassificeringen är 13+ eller 12+ på vissa ställen och det är gratis. Motivet i spelet är att döda alla, inklusive din familj och dina vänner. Du belönas för varje mord, men när du dödar människor som står dig nära får du ännu fler poäng.

Mer pengar. Till och med ryktbarhet inom spelet. Din bild på PK TV. På förstasidan av tidningen The Peachy Keen Times. Spelet utspelar sig i en fiktiv stad som heter Peachy Keen. Det är den perfekta fällan - och det är ett spel som vi själva ska lansera. Jag spelar som en tolvåring, de kommer in i spelet och ni kommer redan att vara där."

"Det kommer att vara tillräckligt säkert", sa E-Z, "jag menar, du är redan död - jag menar i ditt tidigare liv - så de kan inte döda dig."

Det knackade på dörren, "Den är öppen", sa E-Z.

Lia hoppade upp och slängde armarna om Rosalie. "Skönt att se att du är vaken", sa hon och gosade in sig i sin väns tjocka tröja.

Rosalie hade blivit en viktig del av deras team. Men hon fick bara stanna hos dem en dag till. Efter det var hon tvungen att åka tillbaka till hemmet.

När hon gick genom rummet för att sätta sig klappade hon svanen Alfred på huvudet. De hade alla blivit goda vänner, eftersom hon hade anlänt före bebisarna.

"Jag har några saker att berätta för er. Först vill jag tacka för att jag är så välkommen. Det har varit underbart att se dig och tack för att du fått mig att känna mig som en del av ditt team."

"Ahhhhh", sa Lia.

"Det jag behöver berätta är att jag har skrivit i en bok om andra barn med speciella krafter som ni själva. Den ligger i min nattduksbordslåda. Nästa gång du kommer på besök ska jag ge dig den så att du kan gå och hämta de andra för att hjälpa dig att besegra Furierna."

"Vi kommer att behöva all hjälp vi kan få", sa Lia.

"Raphael och Eriel tror att de kan hjälpa dig, det var därför de ville att jag skulle ge dem detaljer. Det var därför jag skrev ner det - så att jag inte skulle glömma något viktigt."

"Var det därför Raphael och Eriel drog in dig i det vita rummet?" frågade E-Z.

"Ja och nej. Jag menar ja. De känner till de andra barnen. Men nej, de bad mig inte rakt ut att lämna över informationen om dem. Jag vet att de här barnen är viktiga för dig och utan dem kan du inte besegra The Furies."

"Vad vet du om The Furies?" frågade Alfred.

Rosalie darrade och lade armarna i kors. "Jag vet några saker om dem. Som att de är tre läskiga systrar som är tillbaka här på jorden för att göra något dåligt."

E-Z sa: "Du skämtar inte. Jag har med egna ögon sett vilken skada de har gjort hittills. Vi arbetar på en plan. Men säg oss, var är de andra barnen? Tror du att de kommer att hjälpa oss? Om vi kan komma på ett sätt att få hit dem."

"De är snälla barn, men ni måste be dem och deras föräldrar om lov. En är på andra sidan jorden i Australien, en är i Japan och den andra är i USA i Phoenix, Arizona. Det kan finnas fler, men de här tre är de enda jag har haft kontakt med hittills", säger Rosalie.

"Å andra sidan, att ta in nya barn kommer att komplicera saker och ting", sa E-Z. "Dessutom, om vi misslyckas kommer det inte att finnas någon som kan ta över efter oss. Det kan vara bäst för oss att hantera det här själva, med minsta möjliga exponering. Om vi kan göra det, jag menar ta ut Furierna - varför blanda in andra? Främlingar? Varför riskera andra barns liv?"

"Det var inte länge sedan vi alla var främlingar", sa Alfred.

"Jag är fortfarande en främling - även om vi är släkt", sa Charles Dickens. "Men jag är inte en av De Tre. E-Z bestämmer och jag gör gärna vad han tycker är bäst. Detektoristerna säger att jag är en nybörjare. Och det är sant."

Rosalie tittade på pojken i skärmen. "Vi har inte presenterat oss ordentligt", sa hon. "Jag heter Rosalie och jag är ganska säker på att jag är mer nybörjare än vad du är."

Charles skrattade. "Jag heter Charles Dickens."

"Någon relation till du vet, DEN Charles Dickens?" frågade Rosalie.

"Ja, jag är han - reinkarnerad."

Rosalie skrattade. "Jag trodde att jag hade hört allt. Nåväl, jag är glad att få träffa dig Charles."

Det knackade högt på ytterdörren.

Några sekunder senare tog sig stöveltrampande fötter in i korridoren mot Sams protester.

"Rosalie", sa den kraftigaste av de två männen genom den stängda dörren. "Det är dags att återvända till hemmet. Du behöver dina mediciner, så kom ut, annars måste vi komma in till dig."

Rosalie reste sig, "Det verkar som om jag har berättat allt du behöver veta och det i grevens tid."

Hon gick till dörren, öppnade den och gick iväg med ambulanspersonalen.

I baksätet på ambulansen, en minut, sedan i det vita rummet. Hyllorna och böckerna var desamma, men det var inte lukten. Tidigare hade det inte funnits någon lukt, men nu var den dålig. Stinkande. Otäck. Som blekmedel och ruttna ägg.

Genom väggen kom tre kvinnor klädda i svart från topp till tå. Istället för hår hade de ormar. Och fler ormar kröp upp och ner för deras armar. De flög mot henne. Deras fladdermusliknande vingar kontrasterade mot rummets renhet och vithet. Blod sprutade ur deras ögon när de svingade sina piskor i hennes riktning.

Och deras stank var outhärdlig.

"Berätta för oss vad vi vill veta", skrek Furierna unisont.

"Jag vet inte vad ni frågar mig", sa Rosalie och höll för näsan.

PISK.

Smällen från piskan nuddade huden på den gamla kvinnans kind. När hon rörde vid sitt ansikte och tittade på sin hand var den täckt av blod.

"Vet du," sa Allie, medan hon och hennes systrar återigen lät piskorna smattra i närheten av den äldre kvinnan.

"Jag vet inte vad du menar."

En bokhylla välte. Om det inte hade varit för den snabbrörliga stegen hade Rosalie krossats under den.

WHIP.

Jag drömmer, tänkte Rosalie. Jag måste vakna. Jag måste vakna NU och komma bort från dessa hemska stinkande varelser.

Ännu en bokhylla föll.

Sedan en till. Och en till.

Snart slog även stegen i golvet och studsade. En gång, två gånger, tre gånger. Sedan splittrades den i bitar.

"Åh nej!" ropade Rosalie.

"Du ska berätta för oss, älskling", krävde Tisi och lyfte upp den äldre kvinnan från marken medan hennes ormar slöt sig runt henne.

Rosalies fötter dinglade betänkligt. Medan ormarna drog åt sina grepp runt hennes överkropp.

"Se upp, syster, du kommer att ge henne en hjärtattack", skrek Meg och gick närmare Rosalie. "Ge oss vad vi vill ha, älskling."

"Jag tänker inte berätta någonting för dig. Oavsett vad du gör mot mig", sa Rosalie.

Hon var så modig. För hon visste att hon inte var ensam. Lia var där och lyssnade.

"Det här är fullständigt slöseri med tid", sa Allie när hon skickade upp en piska i luften och slog ner en hel vägg med bokhyllor. Några bevingade böcker kämpade för att ta sig ut under hyllorna. En försökte flyga med sin enda kvarvarande vinge.

Tisi vände sig mot den bortre väggen och satte eld på böckerna. De föll som dominobrickor ovanpå stackars Rosalie som var begravd under de brinnande böckerna.

Furierna skrattade högt och stolt.

Rosalie ropade Lias namn i sitt sinne. Var är du Lia? frågade hon. Var är du lilla vän?

Tillbaka i huset öppnade E-Z sin laptop. "Okej, vi har haft chansen att sova på saken. Är vi alla överens om att vi inte har något annat val än att bekämpa The Furies?"

Lia och Alfred nickade.

"Och vi måste hämta de andra barnen och föra dem hit. Det finns tre av oss och tre av dem. Lia, du åker till

Phoenix - Lilla Dorrit kan ta dig dit eller så kan du flyga med ett plan."

"Jag föredrar Lilla Dorrit."

"Okej, första barnet är sorterat. Men vi vet inte vad hon heter eller exakt var hon är i Phoenix, Arizona. Och du måste klargöra det med hennes föräldrar. Det kommer inte att bli lätt eftersom du måste låta dem veta vilken typ av fara deras barn kommer att hamna i."

"Ja, jag måste få fler detaljer från Rosalie."

"Alfred, du kan åka till Japan. Jag föreslår att du flyger - vi måste lösa logistiken. Du måste flyga tillbaka med barnet, förutsatt att hans föräldrar ger dig klartecken. Återigen behöver vi detaljer från Rosalie om var barnet är. Och det kommer att finnas en språkbarriär, om du inte kan japanska?"

Alfred skakade på huvudet.

"Jag skaffar en översättare."

"Vi ger dig en telefon och du kan lägga till en app som gör översättningen åt dig. Det kommer att bli en inlärningskurva", sa E-Z. "Speciellt eftersom du inte har några fingrar."

"Det låter bra", sa Alfred. "Jag måste börja jobba med telefonen pronto. Det borde inte ta lång tid att lista ut det. Under tiden kan Rosalie berätta för barnet att jag är en svan - så att de inte faller omkull och svimmar när de ser mig första gången."

"Det är en bra idé", sa Lia. "Men hur ska du skriva?"

"Jag kan använda min näbb."

"Eller ett röstaktiverat program", sa E-Z.

"Coolt", sa Lia och Alfred unisont.

"Och jag flyger till Australien. Jag tar ett plan tillbaka med ungen, men det går snabbare om jag åker direkt dit. Åh, och en sak till, vi måste tänka på en fallucka för oss själva. På något sätt kan vi ta oss ut - i händelse av att en eller flera av oss blir fångade, dödade eller skadade. Vi måste vara beredda på allt. Om vi dör innan vi är klara med det här kommer det inte att finnas någon kvar som kan plocka upp bitarna."

"Ärkeänglarna", stammade Lia och stannade sedan upp. Hon skakade, sedan kunde hon inte hämta andan. Hon slog armarna om sig själv.

"Är du okej?" frågade E-Z.

"Shhh," sa hon. Det fanns inga ljud i rummet eller i hennes sinne, det var absolut och fullständig tystnad. Hennes hjärtfrekvens återgick till det normala, liksom hennes andning.

"Falskt alarm", sade hon. "Jag trodde att något var fel, som om jag fick ett SOS, men allt verkar bra nu."

"Händer det ofta?" Alfred frågade.

"Nej", sa Lia.

"Okej, nu börjar vi med brainstorming", sa E-Z. Och de tillbringade resten av dagen med att göra en lista, med att fokusera på vad som kunde gå fel och vad som kunde gå rätt.

De gick till sina rum och sov.

Det blev en lugn natt för alla utom Rosalie.

Rosalie, vars röst inte hördes.

Vars röst inte besvarades.

Ingen hjälp kom.

Vita rummet förstördes.

Ingen kom för att rädda Rosalie.

Från de onda furierna.

Tack och erkännanden

Tack för att du läste den tredje boken i E-Z Dickens-serien ... Jag är ledsen för det sorgliga slutet men ibland händer sådana saker.

Den sista boken kommer att finnas tillgänglig mycket snart!

Tack än en gång till alla som hjälpt mig att göra den här serien till allt den kan vara, såsom mina beta-läsare, korrekturläsare och redaktörer. Kudos!

Till mina vänner och min familj, tack för er uppmuntran och ert stöd.

Och som alltid, trevlig läsning!

Cathy

Om författaren

Cathy McGough bor och skriver i Ontario
Ontario, Kanada tillsammans med sin man, son, två
katter och en hund.
Om du vill skicka e-post till Cathy är hennes adress
cathy@cathymcgough.com.
Cathy älskar att höra från
sina läsare.

Även av

FICTION

YA

E-Z DICKENS SUPERHJÄLTE BOK FYRA: PÅ ICE

www.ingramcontent.com/pod-product-compliance
Lightning Source LLC
Chambersburg PA
CBHW060356310726
48976CB00003B/840